Annales Brevet 2022

NOUVEAU BREVET

SUJETS et CORRIGÉS

Histoire-Géographie
Enseignement moral et civique

Christophe Saïsse
Professeur certifié d'Histoire-Géographie
Professeur en collège

hachette
ÉDUCATION

MODE D'EMPLOI

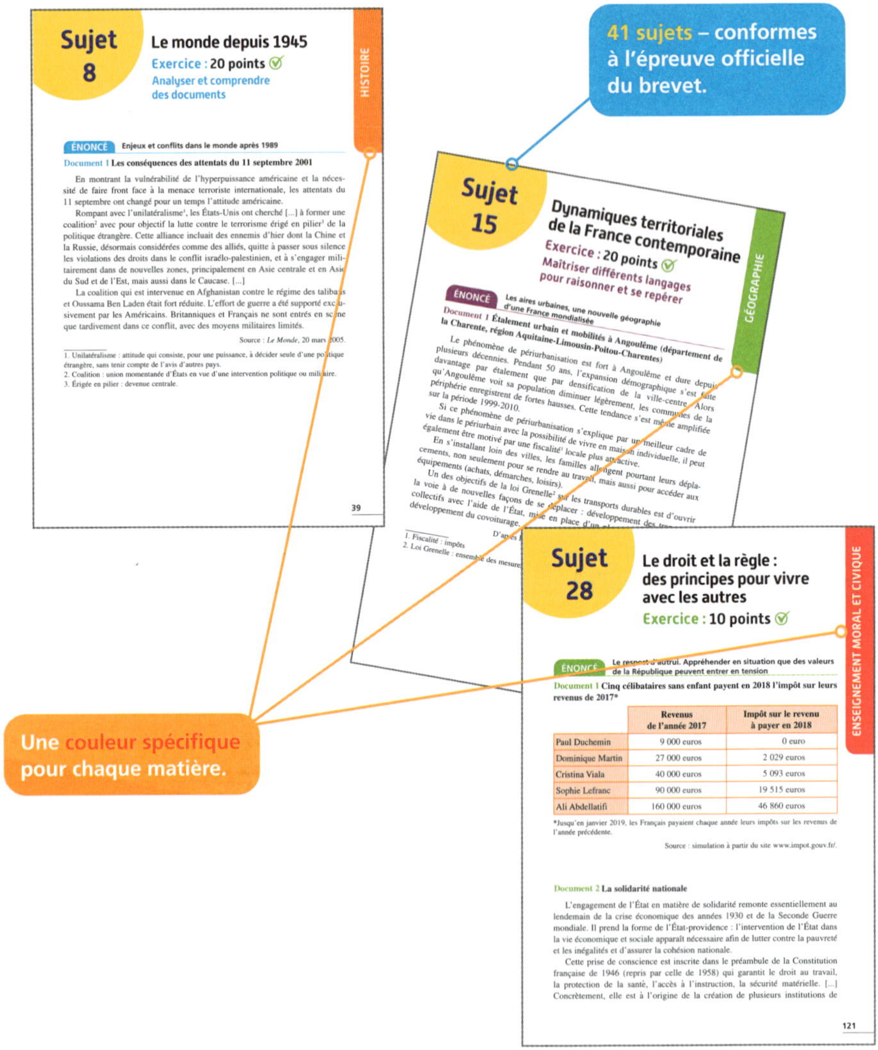

Conception graphique

Couverture : Mélissa Chalot
Intérieur : Mélissa Chalot
Mise en pages : Médiamax

ISBN : 978-2-01-715121-0

Cartographie : Hachette Éducation

58 rue Jean Bleuzen CS 70007 92178 Vanves Cedex
www.parascolaire.hachette-education.com

Tous les corrigés

Des **corrigés détaillés** et rédigés.

HISTOIRE

CORRIGÉ

Ce qu'il faut savoir avant de commencer

- En France, **la crise de mai 1968** est d'abord une **crise étudiante**. Les premiers incidents éclatent à l'Université de Nanterre, en banlieue parisienne. Des groupes d'extrême gauche s'élèvent :
  - contre les institutions qui structurent la société française (École, Églises, État, entreprise) ;
  - contre la société de consommation et le productivisme qui l'inspire ;
  - contre le style de commandement hiérarchique ;
  - contre l'archaïsme des mœurs…
- L'Université de Nanterre est fermée le 2 mai. L'agitation se déplace à Paris. Le Quartier latin se transforme en champ de bataille : des pavés et des cocktails Molotov sont jetés sur les forces de l'ordre, qui ripostent par des tirs de gaz lacrymogènes. À Paris et dans toute la France, les syndicats de salariés manifestent avec les étudiants pour protester contre les brutalités policières. La crise gagne les actifs : 7 à 9 millions de salariés et de fonctionnaires cessent le travail. La **grève générale** paralyse le pays pendant plus de deux semaines.
- **Le pouvoir gaullien** – le général de Gaulle est président depuis de la République depuis 1958 – parvient à désolidariser les étudiants et les actifs. Il ne cède rien aux étudiants, mais accorde aux actifs une réduction du temps de travail et une augmentation des salaires. Le 30 mai, De Gaulle annonce la tenue d'**élections législatives anticipées**, largement remportées par la droite gaulliste un mois plus tard.

1. Avant les années 1960, le recrutement dans l'enseignement supérieur (ap[rès] le baccalauréat) se fait dans la bourgeoisie et il est surtout masculin. La cr[ois]sance des effectifs étudiants à partir des années 1960 bouleverse cette situat[ion]. La part des étudiants dans la population est ainsi multipliée par 5, passan[t de] 0,5 % en 1960 à plus de 2 % en 2000. En même temps, la population étudi[ante] se féminise et les classes défavorisées accèdent plus largement à l'enseigne[ment] supérieur.

Deux phrases sont à relever et commenter : « Mener une vie misérable dan[s] les sens du terme, faire un travail au noir pour payer ses études ou sa pia[ule] » ; « Abandonner ses études après 3 ans en cité parce qu'on est incapable [de] payer ». Dans les deux cas, ce tract dénonce le coût élevé des études supé[rieures] pour les familles et les étudiants défavorisés et, en même temps, la faible[sse des] revenus étudiants. Beaucoup d'étudiants doivent donc occuper un emploi [qui] les conduit à obtenir de moins bons résultats, voire à l'échec.

GÉOGRAPHIE

CORRIGÉ

Ce qu'il faut savoir avant de commencer…

- Les espaces de faible densité (moins de 30 hab./km²) regroupent à peine 5 % de la population française, mais couvrent 40 % du territoire national. Ils ont longtemps été confondus avec les « campagnes » (par opposition aux « villes »), donc avec des espaces agricoles. Ces espaces se localisent principalement dans la « diagonale des faibles densités » : une bande de départements traversant le pays du Nord-Est au Sud-Ouest. Il faut y ajouter les montagnes des Alpes, des Pyrénées, du Jura et de la Corse intérieure et les régions de l'agriculture intensive. Le département du Cantal appartient à la « diagonale des faibles densités » puisqu'il se situe dans le Massif central. Ces territoires isolés seraient en déprise humaine et économique.
- Dès les années 1970, cependant, des géographes s'opposent au discours alarmiste sur les faibles densités. Pour quelles raisons ?
- Les espaces de faible densité ont des trajectoires très variées qui nous empêchent de confondre toutes les situations : campagnes où l'agriculture décline ou campagnes performantes et intégrées dans la mondialisation, campagnes abandonnées ou campagnes repeuplées, résidentielles et récréatives, à la marge des aires urbaines…
- Les espaces de faible densité profitent aussi de l'émergence des problématiques de développement durable. Les grandes surfaces disponibles permettent l'exploitation de la forêt ou le développement des énergies renouvelables (éolien et solaire photovoltaïque). Les parcs nationaux et les parcs naturels régionaux visent à protéger les milieux naturels, tout en favorisant une activité touristique respectueuse de l'environnement.

1. *Plusieurs éléments de réponse sont proposés sur les quatre attendus*
– l'isolement : « Car le département, dont la préfecture est l'une des rares à ne pas être reliée à l'autoroute […] » ;
– la baisse du nombre d'habitants : « (le département) est sujet au déclin démographique – il a perdu 9 % de ses habitants entre 1982 et 2010 » ;
– le vieillissement de la population : « une zone rurale peuplée de personnes âgées […] » ;
– le recul des services publics : « Le département a perdu six bureaux de postes, cinq trésoreries principales, une agence EDF doit fermer en juin, le ferroviaire est à l'abandon… » ;
– la pauvreté : « une zone rurale peuplée de personnes âgées, ayant un revenu très bas ».

2. Le Cantal cherche à retenir ses jeunes qui, faute d'offre universitaire suffisante dans le département, vont suivre une formation ailleurs et trouvent, ensuite, un emploi sur place. Il doit également attirer de nouveaux habitants, des jeunes actifs avec ou sans enfant.

85

Des **rappels de cours synthétiques** et des **conseils** méthodologiques.

Et aussi !

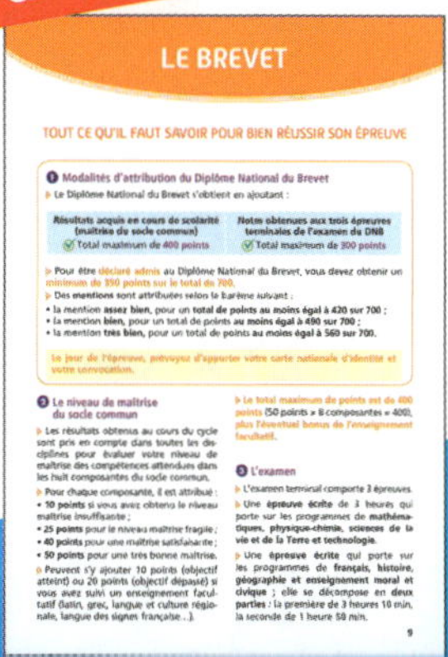

Une présentation de l'épreuve du brevet

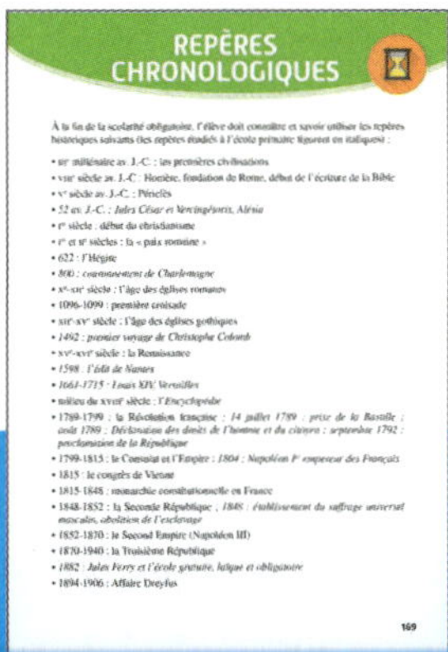

Les repères chronologiques et spatiaux à connaître

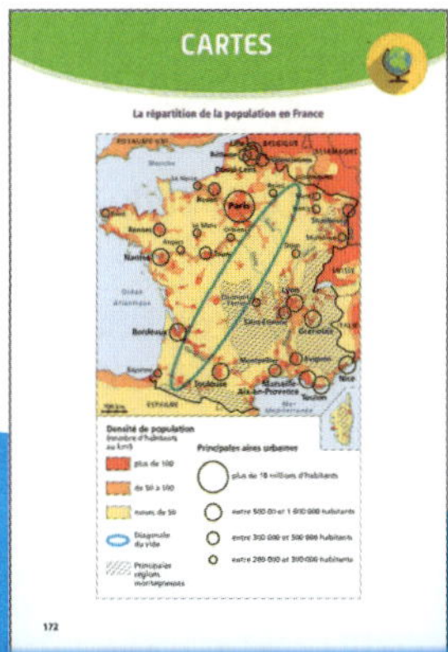

Les cartes incontournables du programme

SOMMAIRE

Histoire

L'Europe, théâtre majeur des guerres totales (1914-1945)

Le monde depuis 1945

Françaises et Français dans une République repensée

Géographie

Dynamiques territoriales de la France contemporaine

Pourquoi et comment aménager le territoire ?

Sujets complets 2021

LE BREVET

TOUT CE QU'IL FAUT SAVOIR POUR BIEN RÉUSSIR LE BREVET

MODALITÉS D'ATTRIBUTION DU DIPLÔME NATIONAL DU BREVET

> À compter de la session 2018, le diplôme national du Brevet (DNB) s'obtiendra en ajoutant deux types de résultats :

Résultats acquis en cours de scolarité (maîtrise du socle commun)	Notes obtenues aux cinq épreuves terminales de l'examen du DNB
✓ Total maximum de 400 points	✓ Total maximum de 400 points

> Pour être **déclaré admis** au diplôme national du brevet, vous devez obtenir un **minimum de 400 points sur le total de 800.**

Le jour de l'épreuve, prévoyez d'avoir **votre carte nationale d'identité** ou un autre document officiel comportant une photographie : vous devez faire preuve de votre identité au moment de l'examen.

Le niveau de maîtrise du socle commun

Les résultats obtenus au cours du cycle sont pris en compte dans toutes les disciplines pour évaluer votre niveau de maîtrise des compétences attendues dans les huit composantes du socle commun.

Pour chaque composante, il est attribué :

- **10 points** si vous avez obtenu le niveau maîtrise insuffisante ;
- **25 points** pour le niveau maîtrise fragile ;
- **40 points** pour une maîtrise satisfaisante ;
- **50 points** pour une très bonne maîtrise.

Peuvent s'y ajouter 10 points (objectifs atteints) ou 20 points (objectifs dépassés) si vous avez suivi un enseignement facultatif (latin, grec, langues et cultures européennes, langue et culture régionale, langue des signes française...).

L'examen

L'examen terminal comporte 5 épreuves.

- **quatre épreuves écrites distinctes**, passées, en fin d'année scolaire dans un centre d'examen, dans cet ordre :

– épreuve écrite de **français**, notée sur 100 points ;
– épreuve écrite de **mathématiques**, notée sur 100 points
– épreuve écrite d'**histoire – géographie – enseignement moral et civique**, notée sur 50 points ;
– épreuve écrite de **sciences**, notée sur 50 points : 2 disciplines sur les 3 (physique – chimie, SVT, technologie) sont évaluées ; à la session 2018 c'est **SVT et technologie en série générale, physique – chimie et technologie en série professionnelle** ;

- **une épreuve orale** sur 100 points qui vous amène à présenter un projet interdisciplinaire dans le cadre des EPI ou de l'enseignement de l'histoire des Arts.

L'ÉPREUVE ÉCRITE D'HISTOIRE-GÉOGRAPHIE-EMC

Durée de l'épreuve : 2 heures

Nature de l'épreuve

L'épreuve comprend 3 exercices :

• **Exercice 1 : Analyser et comprendre des documents en histoire et géographie (20 points) :** les questions proposées dans cette partie s'appuient sur des documents remis au candidat avec le sujet. Peut y être adjoint un document iconographique ou audiovisuel (rendu accessible par un sous-titrage adapté), d'une durée inférieure ou égale à cinq minutes.

Les questions ou consignes proposées ont pour objectif de tester la bonne compréhension des documents et, le cas échéant, le regard critique porté sur ces documents.

• **Exercice 2 : Maîtriser différents langages pour raisonner et utiliser des repères historiques et géographiques (20 points) :**

Une question d'histoire ou de géographie appelle un développement construit, sous la forme d'un texte structuré et de longueur adaptée.

Éventuellement, une question met en jeu un autre langage (croquis, schéma, frise chronologique).

• **Exercice 3 : Mobiliser des compétences relevant de l'enseignement moral et civique (10 points) :** une problématique d'enseignement moral et civique est posée à partir d'une situation pratique appuyée sur un document. Le questionnaire qui amène le candidat à y répondre comprend des questions à réponse courte et une question à réponse plus développée.

Notation : 50 points.
Les points attribués à chaque exercice sont indiqués dans le sujet.

❶ Modalités de l'épreuve

L'épreuve s'appuie sur des **documents**, qui vous sont remis avec le **sujet**.

La compréhension des documents est évaluée par des questions. La maîtrise des différents langages est évaluée par des exercices engageant le candidat à comprendre et s'exprimer en utilisant la langue française, les langages scientifiques ou les langages des arts, selon la nature des documents composant le corpus.

Histoire et géographie, enseignement moral et civique (2 heures)

En relation avec les compétences du socle commun et les programmes d'histoire et géographie et d'enseignement moral et civique, l'épreuve est construite afin d'évaluer votre aptitude :

- à maîtriser des connaissances fondamentales, prévues par les programmes d'histoire, de géographie et d'enseignement moral et civique et à mobiliser des repères spatiaux ou temporels ;
- à analyser et comprendre des documents en utilisant les raisonnements et les méthodes en usage pour ces disciplines ;
- à pratiquer différents langages (textuel, iconographique, cartographique, graphique) pour raisonner, argumenter et communiquer ;
- à répondre aux questions posées ou aux consignes ;
- à rédiger un développement construit en réponse à une des questions d'histoire ou de géographie. Ce développement prendra la forme d'un texte structuré, d'une longueur adaptée au traitement de la question ;
- à mobiliser des compétences relevant de l'enseignement moral et civique pour exercer son jugement à partir d'une question.

Exercice 1. Analyser et comprendre des documents (20 points)

L'exercice porte sur **un à deux documents d'histoire <u>ou</u> de géographie** et est guidé par des **questions.** L'exercice vise à évaluer votre capacité à analyser et comprendre des documents en utilisant les raisonnements, les méthodes et les connaissances prévues par le programme.

Exercice 2. Maîtriser différents langages pour raisonner et utiliser des repères historiques ou géographiques (20 points)

Une **question** d'**histoire** <u>ou</u> de **géographie** est posée. Vous devez rédiger un **développement construit** d'une vingtaine de lignes, sous la forme d'un texte structuré. *Éventuellement*, un exercice peut être proposé en plus : réalisation d'un croquis, d'un schéma, ou d'une frise chronologique.

Exercice 3. Mobiliser des compétences relevant de l'enseignement moral et civique (10 points)

Une **problématique** d'**enseignement moral et civique** est posée à partir d'une situation pratique. Vous répondrez à une ou plusieurs questions qui, éventuellement, s'appuient sur un ou deux documents.

CONSEILS GÉNÉRAUX DE MÉTHODE EN HISTOIRE, GÉOGRAPHIE, EMC

1 Pendant l'année scolaire

> **Ayez confiance en vous.** Si le programme de l'épreuve peut sembler difficile, il traite cependant d'une histoire récente et de faits géographiques contemporains, ce qui vous permet de compléter, par des films, des reportages télévisés, des expositions ou des articles de journaux, les connaissances du cours et du manuel utilisé en classe. Cet examen n'est pas destiné à vous faire perdre des points, au contraire. Si vous travaillez régulièrement et si vous suivez les conseils de votre professeur et de votre manuel, tout ira bien.

> **Entraînez-vous régulièrement.** La maîtrise des repères chronologiques et spatiaux est essentielle pour l'obtention du diplôme : apprenez des chronologies ; maîtrisez les conventions cartographiques ; familiarisez-vous avec les différentes représentations cartographiques et statistiques. Rédigez de courtes biographies en histoire.

> **Contrôlez régulièrement vos connaissances.** Lorsque vous terminez un chapitre en classe, rédigez des fiches-résumés et essayez de traiter des sujets d'annales afin de vous familiariser avec l'épreuve. Ne commencez pas vos révisions au dernier moment ; alternez celles d'histoire-géographie-enseignement moral et civique avec celles d'autres matières (français et sciences).

2 Le jour de l'examen

> **Organisez-vous.** Vous disposez de deux heures. Prévoyez des stylos, des effaceurs, des crayons de couleur et une règle, car il est interdit de demander quoi que ce soit à son voisin pendant toute la durée de l'épreuve. Soignez la présentation de votre copie.

> **Gérez votre temps.** Mettez votre montre en évidence sur la table. Il faut traiter les trois sujets ; vous n'avez donc pas le choix. Chaque sujet doit être traité en 40 minutes au maximum. Si au bout d'une heure vous n'avez pas terminé un sujet, dépêchez-vous et passez au suivant : il est important de tout faire. Si la gestion de votre temps est correcte, il vous reste 5 à 10 minutes pour relire votre copie.

3 Conseils particuliers

Le travail sur document en histoire, géographie ou EMC doit être méthodique :

> **lisez le titre du document.** Il est souvent un résumé du document et en indique donc le contenu. Il précise parfois la nature du document (par exemple, pour un texte, ce peut-être un discours, un article de presse, un texte de loi...) ;

> **repérez la date de production du document.** Coïncide-t-elle avec les faits relatés ou cartographiés ? S'agit-il d'une description contemporaine des événements ou d'une analyse *a posteriori* ?

> **identifiez l'auteur.** Est-il acteur ou témoin des événements décrits ou bien est-il étranger aux faits rapportés ? S'agit-il d'un personnage historique ? Si oui, essayez de vous souvenir rapidement de sa biographie.

> **répondez aux questions.** Vous devez répondre à toutes les questions, si possible, dans l'ordre où elles sont posées. La majorité des réponses se trouvent dans les documents. Certaines font appel à des connaissances de base

(définitions, localisations spatiales, éléments biographiques...).

> Une bonne **question rédigée** répond précisément au sujet. Ici, les verbes ont un sens : décrire, expliquer, montrer, raconter... Il ne faut pas chercher à dire tout ce que l'on sait, il faut juste répondre à ce qui est demandé. Il est possible d'ajouter des connaissances personnelles, mais en relation avec le sujet. Une syntaxe correcte et un vocabulaire précis sont les autres critères évalués par les correcteurs. L'usage de la première personne du singulier est à éviter, de même que les phrases trop longues. Les phrases simples et courtes sont plus faciles à lire et à comprendre. L'usage des adverbes doit être limité car ils sont souvent mal employés. Les thèmes abordés durant l'année de troisième contiennent souvent des mots compliqués qu'il faut savoir écrire, mais aussi utiliser à bon escient. La bonne copie est celle qui maîtrise ce vocabulaire spécifique.

> Pour la **tâche cartographique**, vous devez procéder à une analyse précise de la consigne de travail, afin de déterminer le(s) phénomène(s) que vous souhaitez représenter pour la traiter. Pour chaque phénomène, choisissez le figuré adéquat : ponctuel, linaire ou de surface. Pensez aux difficultés que peut poser leur superposition. Portez un soin particulier à la lisibilité de votre travail. Il faut pour cela commencer par les figurés de surface (aplats de couleurs, à faire au crayon de couleur), puis il y a à superposer les signes ponctuels et linéaires (au feutre et/ou au stylo), et enfin quelques éléments de repérage (noms de villes, de pays, de fleuves...). Pensez à donner un titre problématisé à l'ensemble, s'il n'est pas déjà donné par le sujet.

	Figurés ponctuels	Figurés de surface	Figurés linéaires
Représenter des informations	Une métropole : Un aéroport : Un port : Une façade maritime : Une région :	– Des plages de couleurs Un espace dynamique : Une zone agricole : – Des hachures : Une région ouverte sur le monde :	Une autoroute : Une voie ferrée : Un flux migratoire : Des exportations de marchandises : Des flux commerciaux :
Hiérarchiser des informations (varier la taille, la couleur, l'épaisseur)	*Ex. La population des villes* peu · peuplée · très peuplée	*Ex. La densité de population* faible · moyenne · forte	*Ex. Le trafic des marchandises* faible · moyen · fort

HISTOIRE

Sujet 1 — L'Europe, théâtre majeur des guerres totales (1914-1945)

Exercice : 20 points

Analyser et comprendre des documents

ÉNONCÉ Civils et militaires dans la Première Guerre mondiale

Document 1 Intervention à la Chambre des députés, le 20 novembre 1917, de M. Georges Clemenceau, président du Conseil, ministre de la Guerre, à l'occasion de son investiture

Messieurs, nous avons accepté d'être au Gouvernement pour conduire la guerre avec un redoublement d'efforts en vue du meilleur rendement de toutes les énergies. Nous nous présentons devant vous dans l'unique pensée d'une guerre totale. […] Ces Français que nous fûmes contraints de jeter dans la bataille, ils ont des droits sur nous. […] Nous leur devons tout, sans aucune réserve. […] Ferme dans les espérances puisées aux sources de l'humanité la plus pure, [la France] accepte de souffrir encore, pour la défense du sol des grands ancêtres, avec l'espoir d'ouvrir, toujours plus grandes aux hommes comme aux peuples, toutes les portes de la vie. La force de l'âme française est là. C'est ce qui meut notre peuple au travail comme à l'action de guerre. <u>Ces silencieux soldats de l'usine, sourds aux suggestions mauvaises, ces vieux paysans courbés sur leurs terres, ces robustes femmes au labour, ces enfants qui leur apportent l'aide d'une faiblesse grave : voilà de nos poilus !</u> De nos poilus qui, plus tard, songeant à la grande œuvre, pourront dire, comme ceux des tranchées : *J'en étais !*

Plus de campagnes pacifistes, plus de menées allemandes. Ni trahison, ni demi-trahison : la guerre. Rien que la guerre. […] Une censure sera maintenue des informations diplomatiques et militaires, aussi bien que de celles qui seraient susceptibles de troubler la paix civile […]. Nous allons entrer dans la voie des restrictions alimentaires, à la suite de l'Angleterre, de l'Italie, de l'Amérique elle-même, admirable d'élan. Nous demanderons à chaque citoyen de prendre toute sa part de la défense commune, de donner plus et de consentir à recevoir moins. L'abnégation[1] est aux armées. Que l'abnégation soit dans tout le pays !

Source : http://www.assemblee-nationale.fr/histoire/clemenceau/clem3.asp

1. Abnégation : sacrifice de son intérêt personnel au profit de l'intérêt général.

Document 2 La délégation des « Gueules cassées » à Versailles, le 28 juin 1919

Inscription sur la carte postale : *« Congrès de la paix, Versailles, 28 juin 1919, Délégation des mutilés français »*

Questions

1. Repères sur le document 1 :

a) Nommez et datez la guerre évoquée dans ce discours de Georges Clemenceau. **(2 points)**

b) Quelles fonctions politiques Clemenceau occupe-t-il au moment où il prononce ce discours ? À qui parle-t-il et à quelle occasion ? **(3 points)**

c) Citez la bataille qui s'est déroulée sur le front de l'Ouest en 1916, soit l'année qui précède ce discours. **(1 point)**

d) Nommez le pays dans lequel des révolutions se déroulent en 1917. **(1 point)**

2. Trouvez deux adjectifs pour qualifier ce discours de Clemenceau. Justifiez votre réponse en soulignant deux passages du texte, un pour chaque adjectif. **(3 points)**

3. Expliquez la phrase soulignée dans le texte. **(3 points)**

4. Selon Clemenceau, comment la guerre doit-elle être conduite si les Français veulent la gagner ? Citez et expliquez deux éléments de réponse. **(3 points)**

5. Qui sont les « Gueules cassées » photographiées sur le document 2 ? **(2 points)**

6. Expliquez en quoi le destin de ces hommes est représentatif de « l'abnégation » demandée aux Français par Clemenceau. **(2 points)**

CORRIGÉ

Ce qu'il faut savoir avant de commencer

• Toutes les guerres sont violentes, mais la guerre de 1914-1918 où des masses de soldats – 13 millions en Allemagne, 8 millions en France – sont engagées entraîne une **violence de masse**.

• L'artillerie, les gaz asphyxiants, **les armes nouvelles**, comme les avions ou les chars, donnent à cette guerre un niveau de violence jamais atteint jusque-là. Par exemple, les obus tirés par les canons sont étudiés pour qu'ils ne perdent pas leur vitesse et leur force après l'explosion. Leurs éclats provoquent ainsi les pires blessures sur les champs de bataille, comme le montrent les « gueules cassées ».

• La violence change **également** de nature : **la mort est donnée de façon anonyme**. Cette violence « aveugle » est décrite dans les témoignages d'anciens combattants. Le passage de la guerre de mouvement à la guerre de position peut expliquer ce fait : la guerre de position est une guerre d'usure symbolisée par les tranchées dans lesquelles les armées s'enterrent à **partir de l'hiver 1914. Ici, la victoire dépend de la capacité à produire et à utiliser des armes de destruction massive.**

1. Repères sur le document 1 :
a) la Première Guerre mondiale (1914-1918) ou la « Grande Guerre » ;
b) M. Georges Clemenceau est président du Conseil (Premier ministre aujourd'hui) et ministre de la Guerre le 20 novembre 1917. Son discours s'adresse à la Chambre des députés. Il est prononcé à l'occasion de son investiture (la nomination de Clemenceau à la présidence du Conseil est validée par un vote des députés) ;
c) la bataille de Verdun ;
d) la Russie.

2. Plusieurs réponses sont possibles. Par exemple :
– **un discours volontariste** : « Messieurs, nous avons accepté d'être au Gouvernement pour conduire la guerre avec un redoublement d'efforts en vue du meilleur rendement de toutes les énergies. »
– **un discours patriote** : « [la France] accepte de souffrir encore, pour la défense du sol des grands ancêtres, avec l'espoir d'ouvrir, toujours plus grandes aux hommes comme aux peuples, toutes les portes de la vie. La force de l'âme française est là. C'est ce qui meut notre peuple au travail comme à l'action de guerre. »

3. D'habitude, le mot « poilu » désigne affectueusement les soldats français. Ici, Clemenceau englobe volontairement toute la population dans ce mot (« ces vieux paysans courbés sur leurs terres, ces robustes femmes au labour, ces enfants qui leur apportent l'aide [...] »). C'est une manière d'évoquer la guerre totale qui rassemble toutes les énergies de la nation sur le front et à l'arrière pour vaincre l'adversaire. Ainsi, la guerre totale n'épargne aucune catégorie d'âge, de sexe, de condition.

4. La guerre totale impose :
– **la mobilisation de tous** : des hommes en âge de se battre sur tous les fronts (terre, mer, air) ; des travailleurs à l'arrière, des femmes et des enfants pour apporter une aide morale aux soldats ;
– **le recul des libertés individuelles et collectives**, car il faut à tout prix éviter le défaitisme. Par exemple, l'effort de guerre justifie l'abandon du droit de grève en France, qui est assimilé à une trahison de la patrie. La presse censurée reprend les communiqués militaires toujours victorieux.

5. Cette carte postale représente la délégation des mutilés (ou des « gueules cassées ») français au Congrès de la Paix à Versailles.

6. L'artillerie, les gaz asphyxiants, les armes nouvelles, comme les avions ou les chars, donnent à cette guerre un niveau de violence jamais atteint jusque-là. Par exemple, les obus tirés par les canons sont étudiés pour qu'ils ne perdent pas de leur vitesse et de leur force après l'explosion. Leurs éclats provoquent ainsi les pires blessures sur les champs de bataille, comme le montrent les « gueules cassées ».
Pourtant, les « poilus » résistent dans les tranchées. Les mutineries de 1917 ne déclenchent pas d'insurrection révolutionnaire comme en Russie. Le défaitisme de l'arrière n'empêche pas les soldats français de se battre jusqu'à la victoire de 1918.

Sujet 2

L'Europe, théâtre majeur des guerres totales (1914-1945)

Exercice : 20 points

Analyser et comprendre des documents

ÉNONCÉ **Démocraties fragilisées et expériences totalitaires dans l'Europe de l'entre-deux-guerres**

1. Sous la forme d'un développement construit d'une vingtaine de lignes et en vous appuyant sur des exemples étudiés en classe, montrez que l'Allemagne hitlérienne est un État totalitaire. **(15 points)**

2. Complétez la première case du schéma suivant puis caractérisez le régime totalitaire stalinien dans les années 1930 en donnant à chacune des trois rubriques proposées un titre approprié. **(5 points)**

L'État totalitaire stalinien

Un chef : …………………… Un territoire : ……………………

……………………	……………………	……………………
……………………	……………………	……………………
– Collectivisation des terres *– Nationalisation des entreprises* *– Industrialisation accélérée privilégiant l'industrie lourde et l'industrie d'armement*	*– Persécutions contre les koulaks et les opposants politiques* *– Emprisonnements arbitraires*	*– Utilisation des médias pour vanter les mérites du régime et de son chef* *– Encadrement des populations dès l'enfance*

CORRIGÉ

1. Après la chute du nazisme en 1945 et dans la situation de la guerre froide, les démocraties européennes et américaine regardent les régimes stalinien et hitlérien comme les membres d'une seule et même famille « totalitaire » :

– **L'État totalitaire est commandé par un chef qui dispose d'un pouvoir immense** ; la propagande glorifie les actions du chef dans les médias de masse (presse, radio, cinéma). En Allemagne, Hitler est le Reichsführer qui dispose des pleins pouvoirs depuis 1933. Personne ne discute ses ordres.

– **L'État totalitaire impose à la société une idéologie qui doit organiser sa vie entière**, sans tolérer ni discussion publique ni opposition privée. Le rejet de l'ordre antérieur est un point commun des idéologies totalitaires. Ainsi, le nazisme a pour objectif de détruire la République de Weimar et d'imposer un nouveau groupe dominant, la race aryenne prétendue supérieure. Autre point commun des idéologies totalitaires : le partage tranché entre amis et ennemis du régime. En Allemagne, le régime nazi est antisémite : les Juifs – exclus de la citoyenneté allemande par les lois de Nuremberg en 1935 – sont persécutés.

– **L'État totalitaire est un régime antidémocratique**, puisqu'il est le régime du parti unique. En Allemagne, le parti national socialiste des travailleurs allemands (ou NSDAP) est le seul parti autorisé depuis 1933, tous les autres sont interdits.

– **Le régime totalitaire manipule les masse**s, comme le montrent les manifestations grandioses mises en scène par le ministère du Reich à l'éducation du peuple et à la Propagande dirigée par Josef Goebbels. Les Allemands sont embrigadés à l'école, dans les entreprises, pendant leurs loisirs. Ils sont surveillés. La terreur se déchaîne : les SA d'abord, puis les SS et la Gestapo chassent les opposants au régime nazi, qui sont enfermés dans les camps de concentration.

2. Un chef : Staline – Un territoire : l'Union soviétique (l'URSS)

Plusieurs titres sont possibles. Par exemple :

– À gauche : les choix économiques du régime stalinien

– Au centre : le régime stalinien est un régime de terreur

– À droite : l'embrigadement des foules

Sujet 3

L'Europe, théâtre majeur des guerres totales (1914-1945)

Exercice : 20 points

Analyser et comprendre des documents

ÉNONCÉ La Seconde Guerre mondiale, une guerre d'anéantissement

Document 1 Le camp d'Auschwitz-Birkenau en 1944 (site de Birkenau)

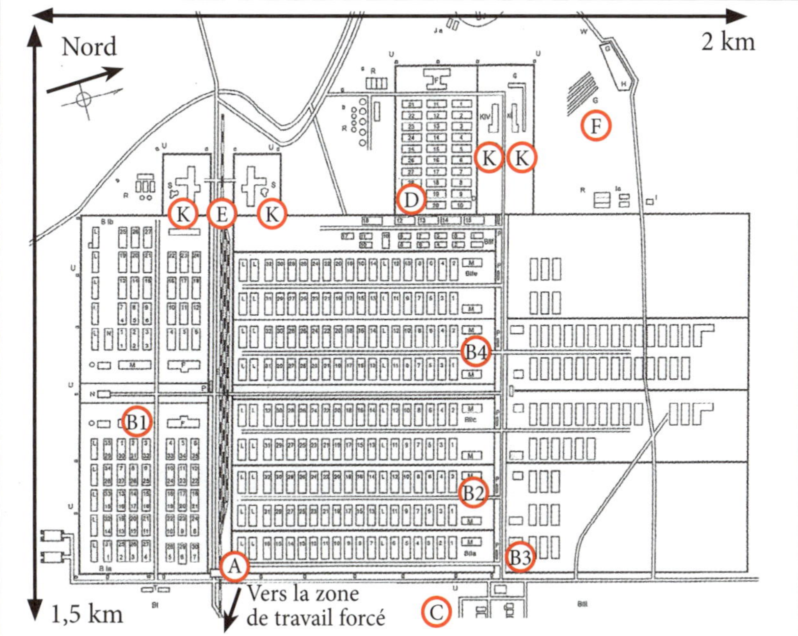

A	Entrée du camp	D	Entrepôt contenant les objets et vêtements pris aux déportés
B1	Baraquements d'habitation des déportées juives	E	Rampe de débarquement des convois et sélection
B2	Baraquements d'habitation des déportés juifs	F	Fosses communes et bûchers
B3	Secteur du camp en construction	K	Krematorium (chambres à gaz et fours crématoires)
B4	Secteur des tziganes		
C	Quartier général et baraques des SS		Ligne de chemin de fer

Source : *Bulletin trimestriel de la Fondation Auschwitz*, n° 23, janvier-mars 1990.

Document 2 Témoignage de Rudolf Hoess, commandant SS du camp d'Auschwitz (mai 1941-décembre 1943), au procès de Nuremberg, avril 1946

« Notre méthode pour sélectionner les victimes était la suivante : deux médecins SS examinaient les arrivages de transports de prisonniers. Les prisonniers devaient passer devant l'un de ces médecins qui, à l'aide d'un signe, faisait connaître sa décision. Ceux qui étaient jugés aptes au travail étaient envoyés dans le camp ; les autres sur les lieux d'extermination […]. La solution de la question juive signifiait l'extermination de tous les Juifs d'Europe […]. Quand j'aménageais le bâtiment d'extermination à Auschwitz, je choisis le gaz "Zyklon B" que nous faisions tomber dans la chambre à gaz par un petit orifice. Nous attendions une demi-heure avant d'ouvrir les portes et de sortir les cadavres […]. Les Tziganes représentaient eux aussi un contingent considérable […]. En juillet 1942, lors d'une visite de Himmler (chef suprême des SS), je lui fis faire un tour d'inspection détaillé dans le camp des Tziganes. Il put tout voir, les baraques remplies à éclater, les conditions sanitaires insuffisantes, l'infirmerie regorgeant de malades […]. Ayant pris ainsi une vue d'ensemble complète de la situation, Himmler donna l'ordre de liquider tous les Tziganes. »

Questions

1. Repères sur les documents 1 et 2 :

a) Pendant quel conflit sont commis des crimes de masse dans le camp d'Auschwitz-Birkenau ? **(1 point)**

b) Quand et par qui le camp d'Auschwitz-Birkenau est-il libéré ? **(2 points)**

c) Résumez en une phrase le but du procès de Nuremberg. **(2 points)**

2. Observez le document 1 :

a) Retrouvez dans le document qui sont les détenus et les gardiens du camp puis nommez-les. **(2 points)**

b) Quelle était l'une des fonctions économiques du camp d'après le document ? **(2 points)**

3. Confrontez les documents 1 et 2 :

a) Résumez en une phrase ce que les nazis nomment « la solution de la question juive ». **(2 points)**

b) Citez deux éléments montrant que « la solution de la question juive » est méthodiquement appliquée. **(3 points)**

c) Quelle autre population est victime de la barbarie nazie ? **(1 point)**

d) Avec l'aide des documents et de vos connaissances, décrivez précisément le sort des déportés dans le camp d'Auschwitz-Birkenau. **(5 points)**

CORRIGÉ

■ Ce qu'il faut savoir avant de commencer

• Si le racisme est un fondement du nazisme, la politique antijuive du régime hitlérien connaît une radicalisation progressive. Ainsi, **on est passé d'une politique de persécution mise en place par les lois de Nuremberg en 1935 à celle de l'anéantissement pendant la Seconde Guerre mondiale**. Ce dernier choix n'était pas le seul aux yeux des chefs allemands : après la victoire sur la France (1940), la déportation des Juifs d'Europe sur l'île de Madagascar a été étudiée. Mais l'invasion de l'Union soviétique (1941) fait échouer l'opération du fait de l'augmentation du nombre de Juifs dans les territoires conquis par le Reich. Des commandos SS – les *Einsatzgruppen* – commencent alors à fusiller les Juifs dans les territoires soviétiques occupés. Puis, **la conférence de Wannsee en 1942 décide que les Juifs d'Europe seront déportés dans des centres de mise à mort par le gaz en Pologne**. Parmi ces centres, le camp d'Auschwitz-Birkenau. De 1942 à 1944 sont successivement déportés et gazés les Juifs de Pologne, d'Allemagne, de France, de Belgique, d'Hongrie, de Yougoslavie, de Roumanie, d'Italie. Ainsi, plus de 5 millions de Juifs sont assassinés. Les nazis commettent un autre crime de masse en exterminant au moins 250 000 Tziganes.

1. Repères sur les documents 1 et 2 :
a) Les crimes de masse dans le camp d'Auschwitz-Birkenau sont commis pendant la Seconde Guerre mondiale, plus précisément entre 1942 et 1945.
b) Le camp d'Auschwitz-Birkenau est libéré par l'Armée Rouge (les Soviétiques) en janvier 1945.
c) Le procès de Nuremberg met en accusation une vingtaine de chefs nazis pour « crimes contre la paix », « crimes de guerre » et « crimes contre l'humanité ».

2. a) Les détenus sont des Juifs (« Baraquements d'habitation des déportés juifs » en B1 et B2 dans la légende) et des Tziganes (« Camp des Tziganes » en B4 dans la légende) ; les gardiens du camp sont des SS (« Quartier général et baraques des SS » en C).
b) Le camp d'Auschwitz-Birkenau est un camp de travail forcé (mention « Vers la zone de travail forcé », en bas du document).

3. a) Pour les nazis, « la solution de la question juive » signifie l'extermination de tous les Juifs d'Europe.
b) *1er élément de réponse :* le regroupement des déportés dans quelques centres de mise à mort localisés en Pologne, comme le camp d'Auschwitz-Birkenau ; *2e élément* : l'utilisation du gaz « Zyklon B » pour assassiner le plus de déportés le plus vite possible.
c) Les Tziganes.

d) Les déportés juifs et tziganes d'Europe sont transportés par chemin de fer dans le camp d'Auschwitz-Birkenau (Pologne), qui est à la fois un camp de travail forcé et d'extermination. Au bout de la rampe de débarquement des convois, les déportés subissent l'épreuve de la sélection :

– ceux qui sont reconnus aptes au travail sont enfermés dans le camp ;

– les autres sont immédiatement tués dans les chambres à gaz ; leurs corps sont incinérés dans les fours crématoires attenants.

Sujet 4

L'Europe, théâtre majeur des guerres totales (1914-1945)

Exercice : 20 points

Analyser et comprendre des documents

ÉNONCÉ La France défaite et occupée. Régime de Vichy, collaboration, Résistance.

Document **Témoignage de Jean-Jacques Auduc, né le 9 juillet 1931, près du Mans.**

Mon travail était de récupérer les messages. Je venais à bicyclette, de chez ma grand-mère. Je récupérais les messages ; j'en récupérais d'autres que me donnait André Dubois. Et je rentrais à Foulletourte[1]... 25 kilomètres à l'aller, 25 kilomètres au retour. J'avais 12 ans. Je franchissais les barrages allemands sans être inquiété. Je cachais les messages dans la pompe de mon vélo.

Outre mes activités d'agent de liaison, on m'envoyait aussi dans les endroits où les adultes ne pouvaient pas aller. Par exemple, les Allemands avaient positionné sur le terrain d'aviation du Mans trois escadrilles de bombardiers «Junker». Les Anglais les avaient repérées et ça les inquiétait. [...] On m'a envoyé avec un cerf-volant et je me suis approché le plus près possible. Les gardes – c'étaient de vieux soldats allemands – se sont même mis à jouer avec moi. À un moment, en me baissant, je me suis aperçu que les avions en question étaient en bois... C'était des leurres ! J'ai signalé ça. Les Anglais ont été rassurés. [...] Il n'y avait qu'un enfant qui pouvait s'approcher sans éveiller la méfiance des soldats. C'était le 21 septembre 1943 ; pour cette action, je recevrai, le 13 juin 1945, la Croix de guerre avec étoile de vermeil. [...] En novembre 1943, mes parents ont donc été arrêtés sur dénonciation. Moi, j'étais parti chez ma grand-mère pour apporter des plis. Les voisins m'attendaient au bout de la rue : « Surtout tu rentres pas chez toi parce que la Gestapo t'attend ». Les Allemands voulaient absolument me prendre pour me faire parler.

On avait prévu, en cas d'arrestation, que j'aille à Chartres, chez un commandant d'aviation. Je suis parti, sans argent, sans ticket d'alimentation, sans papiers ! Traqué par la Gestapo. Ne sachant pas ce que mes parents étaient devenus. [...] Entre-temps, mes parents avaient été déportés. La Gestapo ne s'intéressait plus à moi. J'ai pu rentrer chez ma grand-mère. J'ai repris l'école avec l'idée de m'engager dans les FFI[2] pour aller libérer les camps et mes parents. C'est ce que j'ai fait à l'automne 1944. J'ai rejoint les FFI de Foulletourte. On traquait les Allemands en déroute. Mais je ne suis pas allé plus loin. J'étais trop jeune pour m'engager chez le général Leclerc[3]. Les Anglais m'ont récupéré, encore une fois. Ils m'ont emmené en Angleterre. J'ai vécu dans une famille d'officiers jusqu'au retour de mes parents. »

D'après Philippe Chapleau, *Des enfants dans la Résistance (1939-1945)*, Éditions Ouest France (2008).

1. Foulletourte : commune située dans l'Ouest de la France.
2. Forces Françaises de l'Intérieur : regroupement des principaux réseaux de résistants combattant en France.
3. Général Leclerc : officier général des Forces Françaises Libres devenue l'armée française de la libération à partir d'août 1943.

Questions

1. Présentez l'auteur de ce témoignage. **(2 points)**

2. Décrivez la situation de la France au moment des faits racontés. **(4 points)**

3. Indiquez les différentes missions confiées à Jean-Jacques Auduc et la raison pour laquelle la Résistance fait appel à lui. **(6 points)**

4. Relevez les principaux acteurs de la lutte contre les Allemands avec lesquels il a été en contact. **(4 points)**

5. Expliquez pourquoi les actions de la Résistance pouvaient être dangereuses. **(4 points)**

CORRIGÉ

■ Ce qu'il faut savoir avant de commencer...

• Au printemps 1940, l'Allemagne nazie agresse la France : l'armée française est vaincue en quelques semaines. À la débâcle militaire, s'ajoute un exode massif de populations – 8 millions de réfugiés – venues des Pays-Bas, de Belgique, du Luxembourg et de la France du Nord, fuyant l'invasion allemande. La question de l'armistice divise les Français : il y a ceux qui acceptent la défaite et ceux qui la refusent. Le premier résistant est le général Charles de Gaulle lorsqu'il lance son célèbre appel le 18 juin 1940.
• Résister, c'est d'abord refuser l'occupation de la France et la politique de collaboration du régime de Vichy, dirigé par le maréchal Philippe Pétain.
• Résister, c'est rejoindre la France libre qui poursuit le combat aux côtés des Alliés. C'est parallèlement agir en France même pour répondre à l'occupant allemand et au régime de Vichy sur tous les terrains, de la propagande clandestine à la lutte armée, en passant par le sauvetage des évadés et des Juifs ou le renseignement.
• La libération de la Corse en 1943 ravive l'espoir de voir toute la France libérée. Les premiers mois de 1944 sont marqués par la montée en puissance de la Résistance, plus nombreuse et mieux armée. L'espoir d'une libération prochaine accélère la préparation de l'insurrection nationale. Les débarquements alliés en juin puis en août1944 permettent, avec l'appui de la Résistance intérieure, de chasser les Allemands, de mettre un terme au régime de Vichy et de rétablir la République.

1. Jean-Jacques Auduc est né le 9 juillet 1931 près du Mans, dans l'ouest de la France. Son témoignage est celui d'un enfant engagé dans les rangs de la Résistance pendant la Deuxième Guerre mondiale, dans la France défaite et occupée par l'Allemagne nazie.

2. La France est vaincue et occupée par l'Allemagne nazie de 1940 jusqu'en 1944. Le régime de Vichy naît de cette débâcle militaire. Pendant quatre ans, il conduit la « Révolution nationale » en opposition à la République. Cette réforme de la société s'inspire des idées autoritaires de l'extrême droite française et du fascisme italien. En même temps, le régime de Vichy collabore avec les nazis, espérant adoucir la dureté de l'Occupation et gagner une place de choix dans l'Europe allemande. Les Français supportent à la fois la dureté des Allemands et celle du régime de Vichy. Une minorité d'entre eux s'engage dans la Résistance.

3. Deux missions sont confiées à Jean-Jacques Auduc :
– il est un agent de liaison (« Je récupérais les messages ; j'en récupérais d'autres que me donnait André Dubois. Et je rentrais à Foulletourte... 25 kilomètres à l'aller, 25 kilomètres au retour. J'avais 12 ans. Je franchissais les barrages allemands sans être inquiété. Je cachais les messages dans la pompe de mon vélo »).

– il renseigne la Résistance (« [...] on m'envoyait aussi dans les endroits où les adultes ne pouvaient pas aller. Par exemple, les Allemands avaient positionné sur le terrain d'aviation du Mans trois escadrilles de bombardiers «Junker». Les Anglais les avaient repérées et ça les inquiétait. On m'a envoyé avec un cerf-volant et je me suis approché le plus près possible »).
Son jeune âge lui permet de passer les barrages allemands et de s'approcher des soldats allemands sans éveiller les soupçons.

4. Deux réponses sont possibles parmi les trois suivantes :
– les Forces Françaises de l'Intérieur (FFI), c'est-à-dire le regroupement des principaux réseaux de résistants combattant en France ;
– les Forces Françaises Libres (FFL), devenue l'armée française de la libération à partir d'août 1943, commandées par le général Leclerc (Philippe de Hauteclocque, dit « Leclerc ») ;
– les Anglais

5. Résister, c'est rejoindre la clandestinité et l'illégalité. C'est pouvoir compter sur le soutien de réseaux de sympathisants qui cachent, ravitaillent et soignent les résistants. C'est accepter le risque d'être arrêté, torturé, déporté, assassiné par les nazis ou par la Milice, qui rassemble des volontaires pour défendre le régime de Vichy contre la Résistance et les Alliés.

Sujet 5

Le monde depuis 1945

Exercice : 20 points

Analyser et comprendre des documents

ÉNONCÉ Indépendances et construction de nouveaux États

Le monde depuis 1945 : indépendances et construction de nouveaux États

1. Rédigez un texte construit d’environ vingt lignes expliquant comment une colonie est devenue indépendante. Vous vous appuierez sur l’exemple étudié en classe. **(14 points)**

Quelques temps forts du XXᵉ siècle en France, en Europe et dans le monde (6 points)

1. La chute du mur de Berlin

2. La libération de la France

3. La naissance de la Vᵉ République

4. La Première Guerre mondiale

5. L’arrivée d’Hitler au pouvoir

2. Situez les événements sur la frise chronologique ci-dessous, en reportant le numéro correspondant dans la case. **(2,5 points)**

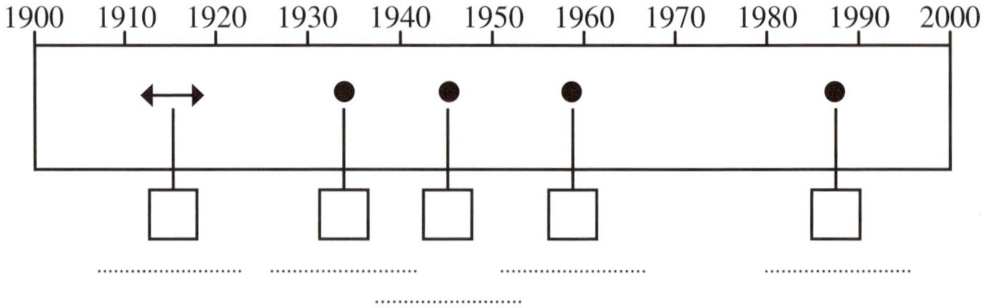

3. Sur les pointillés, vous indiquerez la date de deux événements de votre choix. **(2 points)**

4. À partir de la frise chronologique, trouvez l'événement en lien avec la guerre froide et justifiez votre choix en quelques mots. **(1,5 point)**

CORRIGÉ

1. Le programme laisse aux professeurs la liberté de choisir un exemple de décolonisation en Asie ou en Afrique. Les deux exemples les plus traités sont l'Algérie (pour la France) et l'Inde (pour le Royaume-Uni). Deux exemples pour illustrer deux types contraires de décolonisation : une décolonisation violente pour l'Algérie ; une décolonisation négociée pour l'Inde. En vérité, la violence accompagne ces deux décolonisations :
L'Algérie est un territoire occupé par la France depuis 1830, départementalisé en 1848, et sur lequel vit un million de Français. Le Front de libération nationale (FLN) déclenche la rébellion le 1er novembre 1954. Au départ, la guerre d'Algérie se limite à des opérations locales de maintien de l'ordre, puis elle s'étend aux trois départements algériens. Rappelé au pouvoir en juin 1958 par l'armée et les Français d'Algérie (les « pieds-noirs ») partisans du maintien de l'Algérie dans la France, le général de Gaulle finit par reconnaître aux Algériens le droit à l'indépendance. Mais il lui faut trois ans pour s'entendre avec le FLN et déjouer les complots des partisans de l'Algérie française. Les accords signés à Évian le 18 mars 1962, approuvés par référendum, débouchent sur l'indépendance proclamée le 5 juillet, mais dans une situation dramatique d'exode des Français d'Algérie et de massacre des musulmans accusés de leur être favorables (les harkis).
Le nationalisme indien émerge après la Grande Guerre, lorsque Gandhi, son chef, appelle à la désobéissance civile et au boycott des produits anglais. Le Royaume-Uni n'a plus la force de tenir l'Inde dans l'Empire après 1945. Le vice-roi Lord Mounbatten a pour mission de négocier l'indépendance, si possible dans le maintien de l'unité indienne. Mais ce but est impossible à atteindre à cause d'Ali Jinnah, chef de la Ligue musulmane, qui réclame un État musulman indépendant. Dès lors, hindouistes et musulmans s'affrontent violemment. En février 1947, les Anglais évacuent le pays et en août, la partition est effective : l'Inde, à majorité hindouiste et le Pakistan, à majorité musulmane. Des millions d'habitants sont déplacés de force ou massacrés sur place dans les mois qui suivent.

2. Deux réponses parmi les suivantes sont attendues :

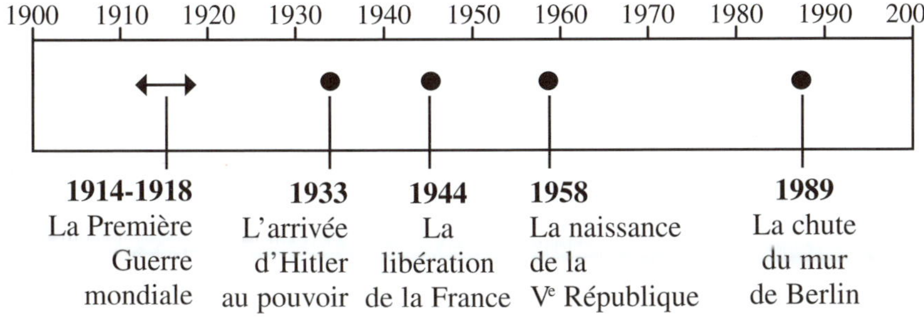

3. L'événement en lien avec la guerre froide est l'événement 1 : la chute du mur de Berlin. Cet événement est le début de la réunification de la ville et/ou de l'Allemagne et la victoire de la démocratie. Il marque l'effondrement du bloc soviétique et la fragilisation de la puissance de l'Union soviétique (avant sa chute en 1991).

Sujet 6

Le monde depuis 1945

Exercice : 20 points

Analyser et comprendre des documents

ÉNONCÉ **Un monde bipolaire au temps de la guerre froide**

Développement construit (14 points)

Sous la forme d'un développement construit d'environ vingt lignes et en vous appuyant sur des connaissances précises, montrez que la guerre froide divise le monde en deux blocs qui s'opposent et s'affrontent.

Compréhension et traitement de données (6 points)

Sur la frise proposée, répondez à l'ensemble des questions posées

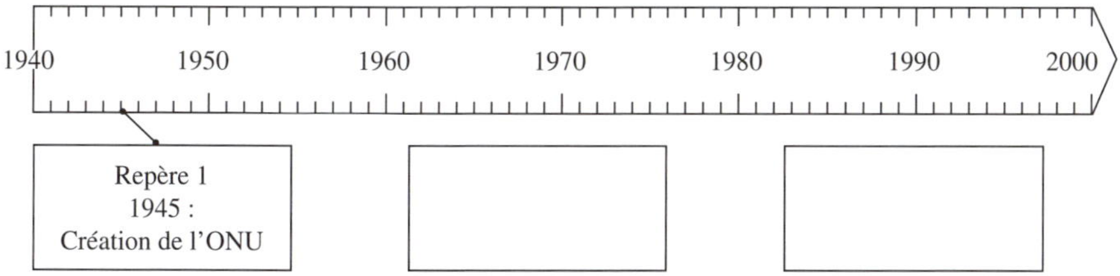

1. Sur le modèle du repère 1, complétez les deux cases vides avec les deux repères proposés ci-dessous et les années qui leur correspondent. Reliez chaque case au bon endroit sur la frise.

– Traité de Rome

– Chute du mur de Berlin

2. Placez précisément sur la frise la période de la guerre froide et indiquez ses années de début et de fin.

3. Lequel de ces trois repères est le plus directement lié à la guerre froide ? Justifiez votre réponse.

CORRIGÉ

Développement construit

En 1945, les « Grands Alliés » » (États-Unis, Union soviétique et Royaume-Uni) s'entendent sur la création des Nations unies, l'occupation de l'Allemagne et l'organisation d'un procès international pour juger les chefs nazis accusés de crimes de guerre et de crimes contre l'humanité. Mais le désaccord entre les Américains et les Soviétiques pointe deux ans plus tard. Le président américain Harry Truman s'alarme de l'installation de gouvernements communistes en Europe de l'Est sans le libre consentement des peuples. À partir de là, la guerre dite « froide » oppose l'Ouest à l'Est. L'Ouest est le bloc formé par les États-Unis, les démocraties d'Europe de l'Ouest, la majorité des pays d'Amérique latine et d'Asie-Pacifique. L'Est est le bloc composé par les régimes communistes autour de l'Union soviétique. En Europe, par exemple, les deux « blocs » sont séparés par le « rideau de fer ».

La guerre froide est un affrontement idéologique qui ne débouchera jamais sur un conflit militaire direct entre les deux superpuissances. Dans son discours, Truman évoque la lutte à mort entre « deux styles de vie » : « L'un de ces modes de vie est fondé sur la volonté de la majorité, et se caractérise par des institutions libres, un gouvernement représentatif, des élections libres, des garanties protégeant les libertés individuelles, la liberté de parole et de religion, et l'absence d'oppression politique. L'autre mode de vie est fondé sur la volonté d'une minorité imposée par la force à une majorité. Ce mode de vie repose sur la terreur et l'oppression, une presse et une radio censurées, des élections truquées, et la suppression des libertés personnelles ». Ici, le totalitarisme stalinien.

Pour concrétiser la lutte entre les superpuissances pendant la guerre froide, on peut développer l'exemple de l'Allemagne et de Berlin (ou un autre exemple vu en classe). Dès l'époque de la guerre, les « Grands Alliés » déterminent le sort de l'Allemagne. Très vite cependant, des désaccords apparaissent sur la délimitation des zones d'occupation, sur le tracé de la frontière entre l'Allemagne et la Pologne, sur le montant de réparations. Par ailleurs, chacune des superpuissances cherche à modeler sa zone à sa propre image : à l'est, les Russes imposent la collectivisation ; à l'ouest, les Américains changent d'attitude sur l'Allemagne qui, d'ennemie, devient un rempart contre le communisme, à condition que l'on aide à sa reconstruction démocratique et à son redressement économique. La guerre froide pousse ce processus de séparation jusqu'à la création des deux Allemagne en 1949 et à la construction du mur de Berlin en 1961.

Compréhension et traitement de données

1. et 2.

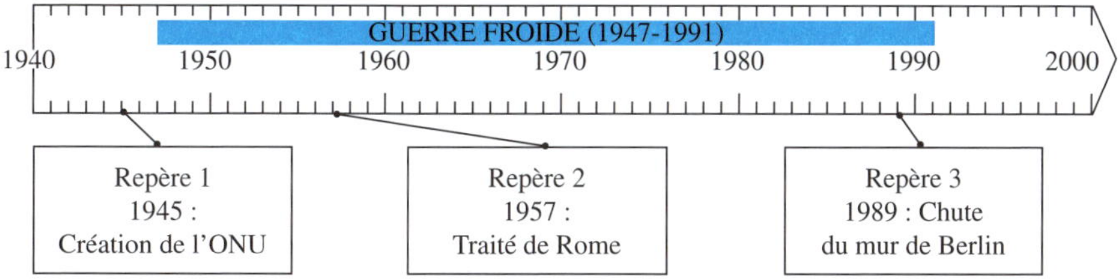

3. La chute du mur de Berlin en 1989 est le repère le plus directement lié à la guerre froide. Elle est une étape essentielle dans l'effondrement du bloc communiste en Europe. La libération de l'Europe de l'Est commence par l'organisation d'élections libres en Pologne et la victoire du syndicat non communiste *Solidarité* en avril 1989. L'ouverture du « rideau de fer » à la frontière entre la Hongrie et l'Autriche provoque l'exode massif d'Allemands de l'Est vers la RFA en mai. La RDA ouvre à son tour sa frontière avec la RFA en novembre. Cette décision provoque la chute du Mur de Berlin. En novembre et décembre, la Hongrie, la Tchécoslovaquie, la Pologne, la Bulgarie et la Roumanie se débarrassent à leur tour de leur régime communiste.

Sujet 7

Le monde depuis 1945

Exercice : 20 points

Analyser et comprendre des documents

ÉNONCÉ **Affirmation et mise en œuvre du projet européen**

Sous la forme d'un développement construit d'une vingtaine de lignes, datez la Déclaration Schuman et montrez qu'elle est déterminante dans l'histoire de la construction européenne.

CORRIGÉ

La déclaration Schuman du 9 mai 1950 est aujourd'hui encore considérée comme le point de départ de la construction européenne. Cette déclaration, prononcée par le ministre français des Affaires étrangères, explicite pour la première fois les objectifs de la construction européenne :
– assurer la paix entre les peuples d'Europe ;
– rendre l'Europe autonome dans la guerre froide entre les États-Unis et l'Union soviétique ;
– permettre à l'Europe de faire progresser son rang dans de nombreux secteurs économiques.

La déclaration Schuman définit aussi une méthode : construire l'Europe par des actions communes dans des secteurs essentiels et de plus en plus nombreux, afin de créer une solidarité concrète entre les pays européens. Au début, Schuman appelle à placer l'ensemble des productions de charbon et d'acier de la France et de l'Allemagne de l'Ouest (RFA) sous une « Haute Autorité commune ». Cet appel débouche sur la signature, en avril 1951, du traité de Paris, qui fonde la Communauté européenne du charbon et de l'acier (CECA) entre six pays européens : la France, la RFA, l'Italie, la Belgique, les Pays-Bas et le Luxembourg. La CECA introduit une nouveauté dans les relations entre pays européens : la supranationalité, qui se caractérise par des transferts de souveraineté vers des institutions européennes bénéficiant d'une certaine liberté vis-à-vis des pays membres. Par exemple, la Haute Autorité de la CECA (qui deviendra la Commission européenne) et une assemblée parlementaire (qui deviendra le Parlement européen). Ainsi, la supranationalité affirme la supériorité du droit européen sur les droits nationaux dans certains domaines.

Signe de l'importance historique de cette déclaration pour l'Europe, le Parlement européen a décidé de faire du 9 mai la « Journée de l'Europe », célébrant ainsi le début du processus d'unification du continent européen.

Sujet 8

Le monde depuis 1945

Exercice : 20 points

Analyser et comprendre des documents

ÉNONCÉ **Enjeux et conflits dans le monde après 1989**

Document 1 Les conséquences des attentats du 11 septembre 2001

En montrant la vulnérabilité de l'hyperpuissance américaine et la nécessité de faire front face à la menace terroriste internationale, les attentats du 11 septembre ont changé pour un temps l'attitude américaine.

Rompant avec l'unilatéralisme[1], les États-Unis ont cherché [...] à former une coalition[2] avec pour objectif la lutte contre le terrorisme érigé en pilier[3] de la politique étrangère. Cette alliance incluait des ennemis d'hier dont la Chine et la Russie, désormais considérées comme des alliés, quitte à passer sous silence les violations des droits dans le conflit israélo-palestinien, et à s'engager militairement dans de nouvelles zones, principalement en Asie centrale et en Asie du Sud et de l'Est, mais aussi dans le Caucase. [...]

La coalition qui est intervenue en Afghanistan contre le régime des talibans et Oussama Ben Laden était fort réduite. L'effort de guerre a été supporté exclusivement par les Américains. Britanniques et Français ne sont entrés en scène que tardivement dans ce conflit, avec des moyens militaires limités.

Source : *Le Monde*, 20 mars 2005.

1. Unilatéralisme : attitude qui consiste, pour une puissance, à décider seule d'une politique étrangère, sans tenir compte de l'avis d'autres pays.
2. Coalition : union momentanée d'États en vue d'une intervention politique ou militaire.
3. Érigée en pilier : devenue centrale.

Document 2 La puissance américaine

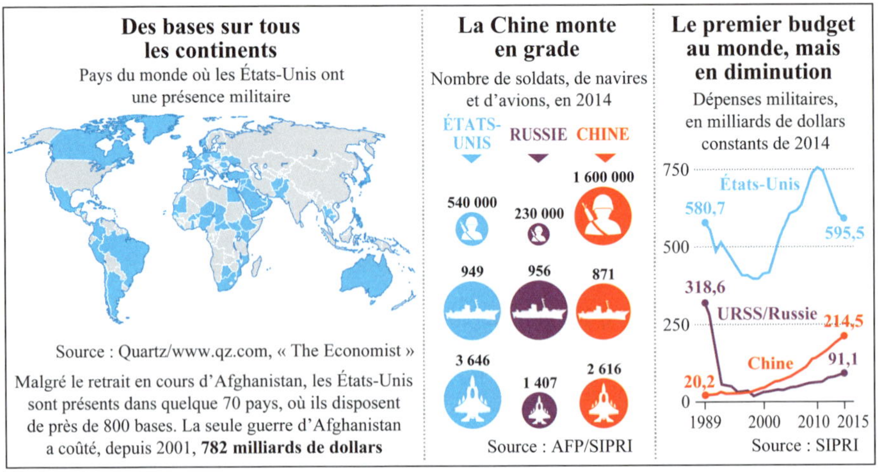

Source : d'après *Le Point*, 10 novembre 2016.

Questions

Document 1

1. Expliquez pourquoi l'auteur de ce texte évoque la Russie parmi « les ennemis d'hier » des États-Unis. **(4 points)**

2. Montrez comment les attentats du 11 septembre 2001 ont bouleversé les relations des États-Unis avec les autres États. **(3 points)**

Document 2

3. Relevez trois éléments illustrant la puissance militaire des États-Unis au début des années 2000. **(3 points)**

Documents 1 et 2

4. Pourquoi peut-on toujours, au début du XXIe siècle, qualifier les États-Unis d'hyperpuissance ? **(6 points)**

5. Relevez deux éléments montrant les limites de l'hyperpuissance américaine. **(4 points)**

CORRIGÉ

■ Ce qu'il faut savoir avant de commencer…

• Il n'est plus possible de parler de « guerre froide » ou de « monde bipolaire » depuis la chute progressive du bloc communiste entre 1989 et 1991. Le monde n'est pas non plus unipolaire car les États-Unis ne peuvent pas le diriger à eux seuls. Du conflit israélo-palestinien à la guerre en Syrie, de leurs relations tendues avec la Chine et la Russie, on voit bien que les États-Unis ne sont plus en mesure d'imposer leur volonté au reste du monde.

• L'erreur des États-Unis, au moment où l'Union soviétique disparaissait (1991), a été de penser qu'ils n'auraient plus de rival à leur mesure. Mais la dynamique de l'émergence a fait (ré)apparaître de nouvelles puissances : la Chine, la Russie, l'Inde… Actuellement, le monde se divise donc en pôles de puissance. On parle de « monde multipolaire ». Un monde dans lequel les Occidentaux (Américains et Européens) n'ont plus le monopole de la puissance. Pour preuve leurs échecs militaires et politiques en Irak, en Afghanistan et en Syrie.

1. Cette phrase évoque la lutte conduite par les États-Unis contre la Russie communiste (l'Union soviétique) pendant la guerre froide (1947-1991). En effet, le désaccord entre les Alliés qui ont vaincu le totalitarisme hitlérien se creuse en 1947. Les Américains s'alarment de la mise en place de régimes communistes en Europe de l'Est sans le libre consentement des peuples. À partir de là, la guerre dite « froide » oppose l'Ouest à l'Est. L'Ouest est le bloc formé par les États-Unis, les démocraties d'Europe de l'Ouest, la majorité des pays d'Amérique latine et d'Asie-Pacifique. L'Est est le bloc composé par les « démocraties populaires » autour de l'Union soviétique.

2. Les attentats de 2001 forcent les États-Unis à repenser leur place dans le monde : fin de l'unilatéralisme, définition d'un « nouvel ordre mondial » reposant sur la force militaire américaine, la coopération internationale dans le cadre de l'ONU et le combat des démocraties contre le terrorisme islamiste. Cette réorientation oblige les États-Unis à se rapprocher des ennemis de la guerre froide (les pays communistes, dont la Chine et la Russie) et à engager des soldats dans de nouvelles zones considérées comme des foyers du terrorisme.

3. *Trois éléments illustrent la puissance militaire des États-Unis au début des années 2000 :*

– le premier budget militaire au monde (aucun pays ne dépense autant que les États-Unis pour sa défense) ;

– des bases militaires sur tous les continents (le texte précise que les États-Unis sont présents dans quelque 70 pays, où ils disposent de près de 800 bases) ;

– une puissance de feu sans égale (nombre considérable de soldats, de navires et d'avions).

4. Les États-Unis sont la première puissance militaire du monde, du fait de leur budget – avec près de 600 milliards de dollars, les États-Unis représentent la moitié des dépenses de défense de la planète – ainsi que de leur capacité de projection et de destruction. Ils sont le 3e pays le plus peuplé, le pays le plus riche, le premier également en termes de recherche, d'innovation et de contrôle des technologies de communication, largement utilisées par son armée.

5. *Deux réponses sont attendues parmi les trois suivantes :*
• Le territoire américain est vulnérable aux attaques terroristes, comme l'ont démontré les attentats du 11 septembre 2001.
• L'armée américaine n'est pas invincible : elle a perdu au Vietnam, s'est retirée du Liban, de Somalie, d'Irak et d'Afghanistan.
• Les États-Unis sont aussi une grande puissance qui vit à crédit, placée dans la dépendance des prêteurs de fonds, tels que la Chine et les monarchies arabes du golfe Persique. Leur souveraineté est donc contrainte, comme le montre la baisse régulière de leur budget militaire depuis 2010.

Sujet 9

Françaises et Français dans une République repensée

Exercice : 20 points

Analyser et comprendre des documents

ÉNONCÉ **1944-1947 : Refonder la République, redéfinir la démocratie**

1. Sous la forme d'un développement construit d'une vingtaine de lignes, montrez que la Libération de la France (1945) est l'occasion de refonder une république plus juste et plus démocratique. **(18 points)**

2. Dans les cadres prévus ci-dessous, identifiez le droit politique évoqué dans ces deux images. **(2 points)**

a)

© Musée Carnavalet/Leemage

....

b)

© Albert Harlingue/roger-viollet

....

CORRIGÉ

1. **Une république plus juste**

La Libération provoque la chute du régime de Vichy. L'action du Gouvernement Provisoire de la République Française (GPRF), dirigé par Charles de Gaulle, s'appuie sur le **programme du Conseil national de la Résistance (CNR)** élaboré pendant la guerre :
– rendre à la nation les « grands moyens de production », autrement dit nationaliser les sources d'énergie, les grandes entreprises industrielles, les banques et les compagnies d'assurances ;
– rétablir la représentation des salariés dans les entreprises, instaurée par les accords Matignon (1936) et supprimée par le régime de Vichy ;
– inventer un système complet de sécurité sociale pour assurer à tous les citoyens des moyens d'existence, dans les cas où ils sont incapables de se les procurer par leur travail. Les ordonnances prises en octobre 1945 par le général de Gaulle créent la Sécurité sociale, regroupant la caisse vieillesse, la caisse maladie et les allocations familiales.

Un régime plus démocratique

Les Français veulent revenir à la démocratie après l'expérience autoritaire du régime de Vichy. C'est pour cela qu'ils choisissent par référendum en 1946 un **régime parlementaire** dans lequel les députés élus par la nation exercent le pouvoir. Ainsi, le pouvoir législatif est dans les mains de l'Assemblée nationale élue pour cinq ans ; elle seule vote les lois, élit, avec le Conseil de la République (une autre assemblée), le président de la République et vote l'investiture du président du Conseil, désigné par le président de la République pour diriger le gouvernement. Dans le même esprit, le corps électoral est élargi puisque le droit de vote est donné aux Françaises en 1944.

2. Le droit évoqué dans ces deux images est le droit de vote.
a) Le suffrage universel masculin pendant la Révolution en 1792.
b) Le droit de vote des femmes en 1944.

Sujet 10

Françaises et Français dans une République repensée

Exercice : 20 points

Analyser et comprendre des documents

ÉNONCÉ La Ve République, de la République gaullienne à l'alternance et la cohabitation

Document 1 Le retour au pouvoir du général de Gaulle

« En 1958, j'ai fait approuver ces institutions (celles de la Ve République) par le peuple, à une majorité comme on n'en avait jamais vu dans l'histoire de la République. Elles ont fait leurs preuves. Avec elles, nous avons traversé des drames qui auraient emporté dix fois les précédentes Républiques […]. Nous avons réalisé un changement complet de nos relations avec les colonies, lesquelles sont devenues ce qu'on pouvait faire de mieux. À l'extérieur, nous avons acquis […] un prestige que nous n'avions pas connu depuis bien longtemps. Nos institutions sont en train de réussir […]. Le président de la République est devenu un vrai chef d'État […]. S'il ne pouvait pas maintenir ses prérogatives, on en reviendrait à la IIIe et à la IVe, c'est-à-dire au régime des partis, au régime d'assemblée […]. Il faut que mon successeur soit élu du peuple et non des partis, de manière à dominer les partis et à les surpasser. Sinon, il deviendrait leur jouet. »

Alain Peyrefitte, *C'était de Gaulle*, Fayard, 1974.

Document 2 La révision du régime républicain

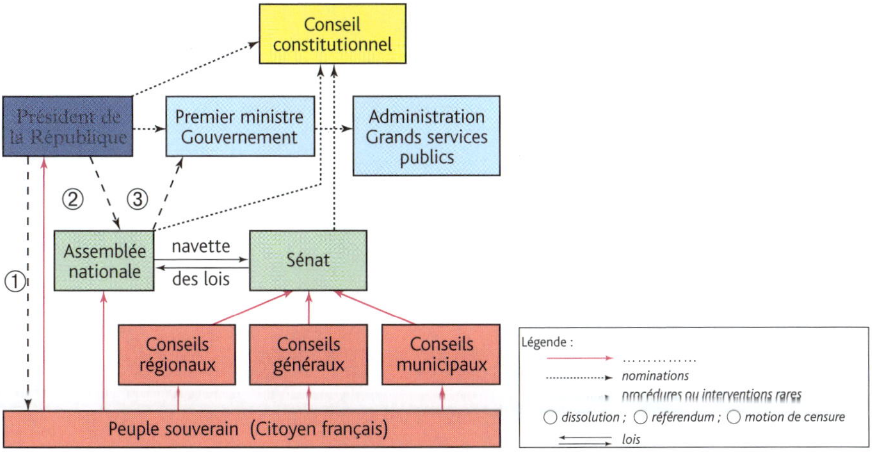

Questions

1. Repères sur les documents 1 et 2 :

a) Datez le retour au pouvoir du général de Gaulle. **(1 point)**

b) Quelle guerre de décolonisation est contemporaine de ce retour ? **(1 point)**

c) En faisant appel à vos connaissances, précisez les circonstances dans lesquelles les institutions de la Ve République sont mises en place. **(2 points)**

2. Lisez le document 1 :

D'après le général de Gaulle, comment le président de la République doit-il être désigné ? Relevez dans le texte une phrase qui justifie ce choix. **(3 points)**

3. Observez le document 2 :

a) Comment les Français choisissent-ils leurs représentants ? **(2 points)**

b) Qui détient le pouvoir exécutif ? **(2 points)**

c) Complétez la légende :

– Quelle est la signification de la flèche rouge ? **(1 point)**

– Reportez dans les cercles le numéro qui correspond à chacune des procédures ou interventions indiquées (1, 2 et 3). **(3 points)**

4. Confrontez les documents 1 et 2. Comment la volonté de réforme du général de Gaulle se concrétise-t-elle dans les institutions de la Ve République ? Vous devez justifier votre réponse en citant deux arguments. **(5 points)**

CORRIGÉ

Ce qu'il faut savoir avant de commencer

• La **crise algérienne de mai 1958** provoque le retour du général de Gaulle, écarté du pouvoir depuis 1946. Il est nommé Premier ministre en juin, et élu président de la République en décembre 1958. Sa politique veut **restaurer le rang de la France dans le monde**. Pour cela, trois objectifs sont déterminés :
– sortir du régime d'assemblée de la IVe République pour installer le régime présidentiel de la Ve République ;
– hisser la France au niveau des grandes puissances économiques ;
– assurer l'indépendance de la France dans le contexte de la guerre froide (mise sur pied d'une force de dissuasion nucléaire autonome).

• **Les nouveautés de la Ve République – voulues par le général de Gaulle – visent à inverser le rapport de forces entre les pouvoirs**, jusque-là favorables à l'Assemblée nationale au détriment du pouvoir exécutif, et considéré comme une cause d'instabilité gouvernementale. Ces innovations sont :
– **le renforcement du pouvoir exécutif** ;
– **la mise en place de règles limitant les pouvoirs de l'Assemblée nationale** avec, par exemple, un renversement du gouvernement rendu plus difficile et un domaine d'intervention de la loi limité ;
– **la création du Conseil constitutionnel**, pour vérifier la conformité des lois votées par l'Assemblée nationale à la Constitution ;
– **la possibilité, pour le président de la République, de consulter directement le peuple par référendum** pour l'adoption de certaines lois, la ratification des traités internationaux et l'approbation des révisions de la Constitution.

1. Repères sur les documents 1 et 2 :
a) Le général de Gaulle revient au pouvoir en 1958.
b) La guerre d'Algérie est contemporaine de son retour.
c) En mai 1958, face à l'insurrection des colons français d'Algérie, le président de la République propose au général de Gaulle de former un gouvernement ; en échange, le Général réclame une nouvelle constitution, qui sera approuvée par référendum en septembre.

2. D'après le général de Gaulle, le Président doit être élu au suffrage universel direct. « Il faut que mon successeur soit élu du peuple et non des partis, de manière à dominer les partis et à les surpasser ».

3. a) Les citoyens français élisent leurs représentants au suffrage universel direct (président de la République, députés, conseillers régionaux, généraux et municipaux) et indirect (sénateurs).

b) Le président de la République et le gouvernement, sous l'autorité du Premier ministre, détiennent le pouvoir exécutif.
c) – La flèche rouge représente les élections.
– 1. référendum 2. dissolution et 3. motion de censure

4. Le renforcement du pouvoir présidentiel, voulu par le général de Gaulle, est effectif. *Plusieurs arguments peuvent être avancés :*
– Le président de la République acquiert une indépendance par rapport à l'Assemblée nationale. Il n'est plus élu par elle, mais, après 1962, directement par les citoyens. Il devient ainsi un arbitre, au-dessus des partis politiques.
– Le président dispose de pouvoirs exclusifs dans les domaines de la défense et des affaires étrangères.
– Le gouvernement est désigné par le président et l'usage le dispense de l'investiture des députés

Sujet 11

Françaises et Français dans une République repensée

Exercice : 20 points

Analyser et comprendre des documents

ÉNONCÉ **Les nouvelles aspirations de la jeunesse**

« Ce que n'est pas une vie normale

Avoir 20 ans et vivre en potache[1].

Ne pas pouvoir recevoir son père ou son frère dans sa chambre mais dans un foyer impersonnel.

Demander l'autorisation pour danser dans un foyer qui nous est réservé.

Vivre dans une ambiance malsaine parce que la société qui veille sur nous a peur des « abus » de la jeunesse.

Enregistrer bêtement et passivement la culture imposée.

Mener une vie misérable dans tous les sens du terme, faire un travail au noir pour payer ses études ou sa piaule[2].

Abandonner ses études après trois ans en cité[3] parce qu'on est incapable de les payer.

Ce qu'est une vie normale

Vivre libre et être responsable.

Être respecté au même titre que n'importe quel citoyen.

Avoir les mêmes droits et les mêmes responsabilités, que l'on soit un garçon ou une fille.

Faire de la cité[3] un lieu d'animation culturelle et de création artistique qui soit le fait des étudiants.

Pouvoir arriver au terme de ses études sans être aidé financièrement par papa.

Pouvoir discuter sur un pied d'égalité avec l'administration et ne pas recevoir de bonbons pour nous faire plaisir.

Si vous contestez ou si vous approuvez la politique menée, manifestez-vous, exprimez-vous.

Réunion d'information […] Au foyer F jeudi 8 février (1967) à 20 h 30 ».

Source : tract de l'« Association des résidents de la Cité universitaire de Nanterre » (ARCUN) rapporté par Emmanuelle Loyer, *Mai 68 dans le texte*, Bruxelles, complexe, coll. « de source sûre », 2008.

---

1. Potache : collégien, lycéen (familier)
2. Piaule : chambre (familier)
3. Cité universitaire : résidence où sont logés des étudiants

Questions

1. Pourquoi peut-on dire que la jeunesse étudiante est confrontée à des difficultés financières selon les auteurs de ce texte ? **(6 points)**

2. Relevez dans le document deux éléments qui montrent que les jeunes aspirent à plus de liberté et deux éléments qui montrent qu'ils aspirent à plus d'égalité. **(6 points)**

3. Relevez la phrase du texte qui incite les jeunes à s'engager dans la vie politique. **(4 points)**

4. À l'aide de vos connaissances, indiquez deux exemples d'évolution qui ont répondu aux aspirations de la jeunesse depuis les années 1960. **(4 points)**

CORRIGÉ

■ Ce qu'il faut savoir avant de commencer

• En France, **la crise de mai 1968** est d'abord une **crise étudiante**. Les premiers incidents éclatent à l'Université de Nanterre, en banlieue parisienne. Des groupes d'extrême gauche s'élèvent :
– contre les institutions qui structurent la société française (École, Églises, État, entreprise) ;
– contre la société de consommation et le productivisme qui l'inspire ;
– contre le style de commandement hiérarchique ;
– contre l'archaïsme des mœurs...

• L'Université de Nanterre est fermée le 2 mai. L'agitation se déplace à Paris. Le Quartier latin se transforme en champ de bataille : des pavés et des cocktails Molotov sont jetés sur les forces de l'ordre, qui ripostent par des tirs de gaz lacrymogènes. À Paris et dans toute la France, les syndicats de salariés manifestent avec les étudiants pour protester contre les brutalités policières. La crise gagne les actifs : 7 à 9 millions de salariés et de fonctionnaires cessent le travail. La **grève générale** paralyse le pays pendant plus de deux semaines.

• **Le pouvoir gaullien** – le général de Gaulle est président depuis de la République depuis 1958 – parvient à désolidariser les étudiants et les actifs. Il ne cède rien aux étudiants, mais accorde aux actifs une réduction du temps de travail et une augmentation des salaires. Le 30 mai, De Gaulle annonce la tenue d'**élections législatives anticipées**, largement remportées par la droite gaulliste un mois plus tard.

1. Avant les années 1960, le recrutement dans l'enseignement supérieur (après le baccalauréat) se fait dans la bourgeoisie et il est surtout masculin. La croissance des effectifs étudiants à partir des années 1960 bouleverse cette situation. La part des étudiants dans la population est ainsi multipliée par 5, passant de 0,5 % en 1960 à plus de 2 % en 2000. En même temps, la population étudiante se féminise et les classes défavorisées accèdent plus largement à l'enseignement supérieur.

Deux phrases sont à relever et commenter : « Mener une vie misérable dans tous les sens du terme, faire un travail au noir pour payer ses études ou sa piaule » ; « Abandonner ses études après 3 ans en cité parce qu'on est incapable de les payer ». Dans les deux cas, ce tract dénonce le coût élevé des études supérieures pour les familles et les étudiants défavorisés et, en même temps, la faiblesse des revenus étudiants. Beaucoup d'étudiants doivent donc occuper un emploi, ce qui les conduit à obtenir de moins bons résultats, voire à l'échec.

2. Les jeunes aspirent à plus de liberté :
– « Vivre libre et être responsable »
– « Enregistrer bêtement et passivement la culture imposée »
Les jeunes aspirent à plus d'égalité : *(seuls 2 éléments de réponse sont à proposer parmi les suivants)*
– « Avoir les mêmes droits et les mêmes responsabilités, que l'on soit un garçon ou une fille »
– « Être respecté au même titre que n'importe quel citoyen »
– « Pouvoir discuter sur un pied d'égalité avec l'administration [...] »

3. La phrase qui incite les jeunes à s'impliquer dans la vie politique est : « Si vous contestez ou si vous approuvez la politique menée, manifestez-vous, exprimez-vous ».

4. Plusieurs réponses sont possibles. Par exemple :
– la légalisation de la contraception permet à toute femme en âge de procréer de contrôler le nombre de ses enfants (loi Neuwirth, 1967) ;
– l'autorité parentale remplace la « puissance paternelle » : elle met à la charge des parents des devoirs vis-à-vis de leur(s) enfant(s) mineur(s) (par exemple, veiller sur l'enfant, sa santé, son éducation...). Selon les cas, l'autorité parentale peut être exercée par les 2 parents ou par un seul (1970) ;
– le principe de l'égalité des salaires entre les hommes et les femmes pour un même travail acquiert force de loi (1972) ;
– l'âge du droit de vote est abaissé de 21 à 18 ans afin de permettre aux jeunes d'exercer des responsabilités politiques plus tôt (1974) ;
– la dépénalisation de l'avortement permet à toute femme enceinte qui ne veut pas poursuivre une grossesse de demander à un médecin son interruption (loi Veil, 1975).

Sujet 12

Françaises et Français dans une République repensée

Exercice : 20 points

Analyser et comprendre des documents

ÉNONCÉ Femmes et hommes dans la société des années 1950 aux années 1980 (1)

Document 1 Le débat sur l'interruption volontaire de grossesse (IVG)

Discours de Simone Veil, ministre de la santé, à l'Assemblée nationale, le 26 novembre 1974, © Getty Images.

Une nouvelle loi est-elle vraiment nécessaire ? […] Pourquoi donc ne pas continuer à fermer les yeux ? Parce que la situation actuelle est mauvaise. Elle est mauvaise parce que la loi est ouvertement bafouée, pire même, ridiculisée. […] Parce qu'en face d'une femme décidée à interrompre sa grossesse, ils [les médecins] savent qu'en refusant leur conseil et leur soutien ils la rejettent dans la solitude et l'angoisse d'un acte perpétré dans les pires conditions, qui risque de la laisser mutilée à jamais. Ils savent que la même femme, si elle a de l'argent, si elle sait s'informer, se rendra dans un pays voisin ou même en France dans certaines cliniques et pourra, sans encourir aucun risque ni aucune pénalité, mettre fin à sa grossesse. Et ces femmes, ce ne sont pas nécessairement les plus immorales ou les plus inconscientes. Elles sont 300 000 chaque année.

Document 2 **La loi Veil**

Art. L. 162-1 : La femme enceinte que son état place dans une situation de détresse peut demander à un médecin l'interruption de sa grossesse. Cette interruption ne peut être pratiquée qu'avant la fin de la dixième semaine de grossesse.

Art. L. 162-2 : L'interruption volontaire de grossesse ne peut être pratiquée que par un médecin. Elle ne peut avoir lieu que dans un établissement d'hospitalisation public ou dans un établissement d'hospitalisation privé. »

Extraits de la loi du 17 janvier 1975 relative à l'interruption volontaire de grossesse (IVG).

Questions

1. Repères sur les documents 1 et 2 :

a) Sous quelle présidence le débat et le vote de la loi sur l'IVG ont-ils eu lieu ? **(1 point)**

b) Quels présidents de la Ve République ont été élus avant cette présidence ? **(1 point)**

c) Quel président est élu après cette présidence ? **(1 point)**

2. Lisez le document 1 :

a) Qui défend la loi relative à l'interruption volontaire de grossesse ? Quelle fonction politique occupe cette personne à ce moment-là ? **(2 points)**

b) S'agit-il d'un projet ou d'une proposition de loi ? Justifiez votre réponse en utilisant vos connaissances. **(2 points)**

c) Citez deux arguments avancés par l'auteur de la loi sur l'IVG pour obtenir son vote. **(4 points)**

3. Lisez le document 2. Quelles conditions sont fixées par la loi pour pratiquer une IVG ? **(3 points)**

4. Confrontez les documents 1 et 2 :

a) Pourquoi la loi sur l'IVG est-elle considérée comme un progrès par les féministes ? **(2 points)**

b) Indiquez deux autres domaines dans lesquels la place des femmes a progressé, ainsi qu'un exemple illustrant chacun d'eux. **(4 points)**

CORRIGÉ

Ce qu'il faut savoir avant de commencer

• **La première grande conquête des femmes** dans la société, est celle des droits politiques, concrétisée par **l'extension du droit de vote et d'éligibilité en 1944**.
• **La question de la place de la femme se déplace alors vers la maternité.** Les changements interviennent dans les années 1960-1970 avec des lois fondatrices : loi Neuwirth en 1967 qui autorise la contraception, loi Veil en 1975 qui dépénalise l'avortement. Ces lois sont liées à l'action d'un mouvement féministe à son apogée. Les avancées ne se limitent pas à la maternité mais s'étendent aux relations à l'intérieur de la famille. Entre 1965 et 1975, plusieurs lois y établissent l'égalité entre hommes et femmes : autorisation d'exercer une profession sans accord marital (1965), suppression de la notion de « chef de famille », instauration du divorce par consentement mutuel (1975)…
• **Enfin, la troisième évolution concerne le travail.** À partir des années 1960, le taux de féminisation progresse partout. Cependant, la situation professionnelle des femmes reste plus fragile que celle des hommes (salaires moins élevés, emploi à temps partiel plus fréquent).

1. Repères sur les documents 1 et 2 :
a) Le débat et le vote de la loi sur l'IVG ont lieu sous la présidence de Valéry Giscard d'Estaing (1974-1981).
b) Avant cette présidence il y eut : Charles de Gaulle (1958-1969) et Georges Pompidou (1969-1974).
c) Après cette présidence, François Mitterrand est élu (1981-1995).

2. a) Simone Veil défend la loi relative à l'IVG, elle est alors ministre de la santé.
b) Il s'agit d'un projet de loi. En effet, l'initiative de la loi appartient ici au gouvernement, représenté par le ministre de la Santé. La Constitution de 1958 indique que l'initiative de la loi appartient concurremment au gouvernement et au Parlement. Le gouvernement élabore des projets de loi et les parlementaires des propositions de loi.
c) *On peut citer plus de deux arguments :*
– L'interdiction de l'avortement (posée par la loi de 1920) n'est pas respectée.
– L'interdiction favorise les avortements clandestins sans médecin qui menacent la vie des femmes.
– Les plus fortunées d'entre elles ont toujours la possibilité d'avorter à l'étranger, dans les pays européens qui autorisent l'avortement.

3. La loi définit plusieurs conditions :
– la « situation de détresse » de la femme enceinte ;
– le recueil de son consentement par un médecin ;
– le respect du délai légal pendant lequel une IVG peut être pratiquée ;
– l'encadrement médical de cet acte (médecin, hôpital).

4. a) La légalisation de l'IVG permet aux femmes de contrôler leurs maternités. Plus concrètement, elle autorise l'interruption – sous conditions – d'une grossesse non désirée.

b) *Plusieurs domaines dans lesquels la place des femmes a progressé peuvent être traités :*

Droits politiques	**Relations à l'intérieur de la famille**	**Travail**
Extension du droit de vote et d'éligibilité (1944)	Autorisation d'exercer une profession sans accord marital (1965) ; suppression de la notion de « chef de famille » ; instauration du divorce par consentement mutuel (1975)…	Progression du taux de féminisation à partir des années 1960

Sujet 13

Françaises et Français dans une République repensée

Exercice : 20 points

Analyser et comprendre des documents

ÉNONCÉ Femmes et hommes dans la société des années 1950 aux années 1980 (2)

Document **Tract du mouvement démocratique féminin, diffusé à Paris en juin 1968**

Depuis le début du mois de mai 1968, les étudiants manifestent contre le gouvernement du Président de Gaulle.

Étudiante,

Tu as été sur les barricades, la police t'a chargée et matraquée comme les étudiants, tes camarades.

Tu participes aux discussions, aux travaux des commissions, aux grandes manifestations populaires. Des lycées de filles, des instituts féminins ont parfois entraîné les autres établissements et, parmi les dix millions de grévistes, les travailleuses tiennent aussi leur place.

Or, au cours de ces journées décisives, soit dans les grands rassemblements, soit à la radio ou à la télévision, aucune femme n'est apparue comme porte-parole. Dans les pourparlers entre syndicats, patronat et gouvernement, nul n'a réclamé formellement l'égalité de rémunération entre travailleuses et travailleurs, nul n'a envisagé la création de services collectifs et de crèches pour soulager les femmes de leur double journée de travail.

Dans l'immense débat qui s'est instauré à travers le pays, dans la grande remise en cause des structures et des valeurs, aucune voix ne s'élève pour déclarer que le changement des rapports entre les hommes implique le changement des rapports entre les hommes et les femmes. Les étudiants et les jeunes veulent une morale identique pour les filles et les garçons. C'est un aspect du changement. Ce n'est qu'un aspect. […] Il faut que la société qui va se construire soit l'œuvre des femmes aussi bien que des hommes, qu'elle donne à toutes les femmes des chances égales à celles des hommes.

Si tu es d'accord là-dessus qu'es-tu disposée à faire ? Viens en discuter avec nous.

Fauré C., Mai 1968, *Jour et nuit*, © éditions Gallimard, collection Découvertes n° 350, Série Histoire, 2008.

Questions

1. Quelle est la nature de ce document ? À qui est-il destiné ? **(2 points)**

2. Relevez au moins deux inégalités hommes-femmes mentionnées dans le document. **(4 points)**

3. Quels éléments du texte montrent l'engagement politique et syndical des femmes au moment des événements de mai 1968 ? **(5 points)**

4. Quel droit politique a été acquis par les femmes avant 1968 et qui n'est pas mentionné dans le texte ? **(3 points)**

5. En vous appuyant sur vos connaissances, proposez trois exemples d'évolutions qui ont changé la situation des femmes depuis 1968. **(6 points)**

CORRIGÉ

Ce qu'il faut savoir avant de commencer

• Mai 1968 est l'un des **mouvements de contestation** les plus importants de l'histoire de France. Il est animé par deux catégories sociales, les étudiants et les salariés :
– les **étudiants** s'opposent à la dégradation de leurs conditions d'étude (le manque d'universités par exemple). Ils dénoncent la dureté du pouvoir gaullien, l'aliénation de la société de consommation et l'archaïsme de la morale (l'absence de mixité dans les établissements scolaires par exemple) ;
– les **salariés** s'opposent à la détérioration de leur situation économique (progression du chômage, niveau des salaires très bas) et reprochent aux patrons leur autoritarisme.

• Fin avril 1968, l'Université de Nanterre en région parisienne est occupée par ses étudiants. Le 2 mai, elle est fermée. Les étudiants quittent Nanterre et occupent l'Université de la Sorbonne, à Paris. Ils sont évacués de force par la police. Le Quartier latin se transforme alors en champ de bataille. Quinze jours plus tard, des millions de salariés se mettent en **grève**. Finalement, le pouvoir rétablit l'ordre. Il ne donne rien aux étudiants, mais accorde aux salariés une augmentation des salaires et une semaine supplémentaire de congés payés. Dans la foulée, le général de Gaulle dissout l'Assemblée nationale et gagne les élections législatives un mois plus tard.

1. Ce document est un tract, c'est-à-dire une feuille de papier imprimée ou manuscrite qu'on distribue gratuitement ou qu'on colle sur les murs, à des fins de propagande. Ici, le public visé est celui des étudiantes parisiennes.

2. Deux inégalités hommes-femmes sont mentionnées dans ce tract :
– l'inégalité de représentation : « […] soit dans les grands rassemblements, soit à la radio ou à la télévision, aucune femme n'est apparue comme porte-parole » ;
– l'inégalité salariale : « Dans les pourparlers entre syndicats, patronat et gouvernement, nul n'a réclamé formellement l'égalité de rémunération entre travailleuses et travailleurs ».

3. L'engagement politique et syndical des femmes en mai 1968 est évoqué plusieurs fois :
– « Tu participes aux discussions, aux travaux des commissions, aux grandes manifestations populaires »
– « Des lycées de filles, des instituts féminins ont parfois entraîné les autres établissements »
– « […] parmi les dix millions de grévistes, les travailleuses tiennent aussi leur place »

4. Le droit politique acquis par les femmes avant 1968 est le droit de vote. Institué par une ordonnance du Comité français de Libération nationale (CFLN) en 1944, il est appliqué l'année suivante à l'occasion des élections municipales.

5. Plusieurs réponses présentant des évolutions qui ont changé la situation des femmes depuis 1968 sont possibles. Par exemple :

– L'autorité parentale remplace la « puissance paternelle » en 1970 . Elle met à la charge des parents des devoirs vis-à-vis de leur(s) enfant(s) mineur(s) (par exemple, veiller sur l'enfant, sa santé, son éducation...). Selon les cas, l'autorité parentale peut être exercée par les 2 parents ou par un seul.

– Le principe de l'égalité des salaires entre les hommes et les femmes pour un même travail acquiert force de loi (1972).

– La dépénalisation de l'avortement en 1975 (loi Veil) permet à toute femme enceinte, majeure ou mineure, qui ne veut pas poursuivre une grossesse de demander à un médecin son interruption.

– Une révision constitutionnelle en 1999 ajoute à la constitution de 1958 la règle suivante : la loi favorise l'égal accès des femmes et des hommes aux mandats électoraux et prévoit que les partis politiques sont responsables de l'application de cette règle.

GÉOGRAPHIE

Sujet 14

Dynamiques territoriales de la France contemporaine

Exercice : 20 points

Maîtriser différents langages pour raisonner et se repérer

ÉNONCÉ Les aires urbaines, une nouvelle géographie d'une France mondialisée

1. Sous la forme d'un développement construit d'une vingtaine de lignes et en vous appuyant sur un ou des exemples d'aires urbaines étudiés en classe, décrivez les espaces et les dynamiques des villes françaises. **(18 points)**

2. Localisez et nommez sur le fond de carte ci-dessous Paris et quatre aires urbaines de votre choix. **(2 points)**

Les principales aires urbaines de la France métropolitaine

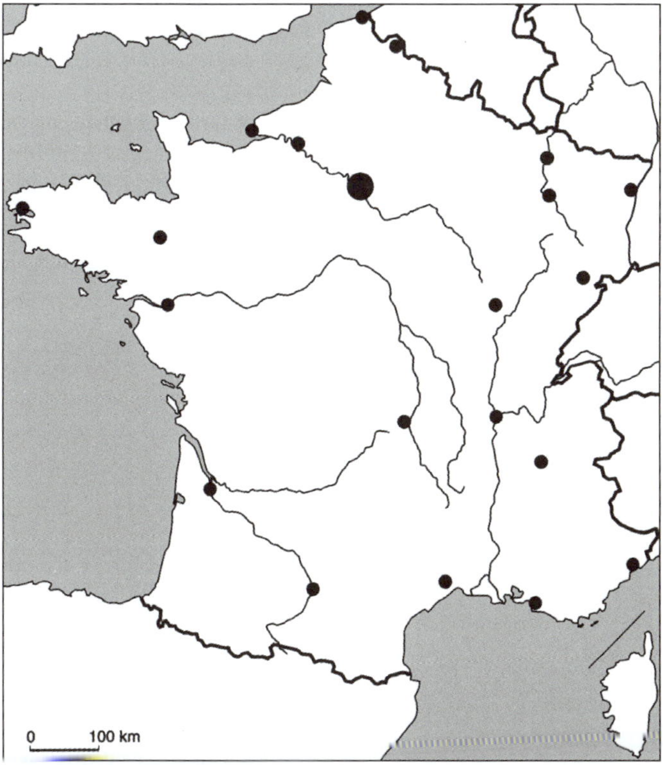

CORRIGÉ

1.

Comme dans tous les pays riches et industrialisés, la forme urbaine est la forme dominante du peuplement en France. Ainsi, plus de 80 % des Français vivent aujourd'hui dans les aires urbaines. Une aire urbaine désigne un ensemble de communes proches les unes des autres, avec une ville-centre (ou pôle urbain), sa banlieue proche et sa couronne périurbaine, dont au moins 40 % des habitants travaillent dans la ville-centre.

La plus forte croissance de la population se situe dans les couronnes périurbaines, qui s'étalent à la périphérie des aires urbaines. Les paysages périurbains sont constitués de lotissements pavillonnaires et de zones commerciales qui « mitent » les espaces ruraux disponibles. Leur croissance désordonnée s'appuie sur des systèmes de transport diversifiés (route/voie ferrée, individuel/collectif), déployés dans toutes les directions, et parfois interconnectés. Ainsi, les migrations pendulaires (mobilité domicile-travail) sont très denses de la périphérie vers la ville-centre, mais également de la périphérie vers la périphérie. Les centres-villes continuent à perdre des habitants partis à la périphérie, mais regroupent de plus en plus des populations aisées : c'est la « gentrification ». Car les centres-villes restent des lieux de concentration des pouvoirs politique et administratif (ministères, collectivités territoriales), et des pôles culturels (musées, patrimoine architectural).

Les dynamiques d'urbanisation et d'étalement s'expliquent par :

– l'attraction exercée par les grandes métropoles sur des urbains venus de ville plus petites qui viennent pour travailler ou habiter (on parle aussi de « métropolisation ») ;

– la migration de nombreux habitants du centre vers les zones périurbaines pour trouver un meilleur cadre de vie (prix immobiliers plus bas, espaces verts, recul des nuisances urbaines…) ;

– les stratégies d'implantation des entreprises industrielles et commerciales.

2. *Réponses possibles :*

Sujet 15

Dynamiques territoriales de la France contemporaine

Exercice : 20 points

Maîtriser différents langages pour raisonner et se repérer

ÉNONCÉ — Les aires urbaines, une nouvelle géographie d'une France mondialisée

Document 1 Étalement urbain et mobilités à Angoulême (département de la Charente, région Aquitaine-Limousin-Poitou-Charentes)

Le phénomène de périurbanisation est fort à Angoulême et dure depuis plusieurs décennies. Pendant 50 ans, l'expansion démographique s'est faite davantage par étalement que par densification de la ville-centre. Alors qu'Angoulême voit sa population diminuer légèrement, les communes de la périphérie enregistrent de fortes hausses. Cette tendance s'est même amplifiée sur la période 1999-2010.

Si ce phénomène de périurbanisation s'explique par un meilleur cadre de vie dans le périurbain avec la possibilité de vivre en maison individuelle, il peut également être motivé par une fiscalité[1] locale plus attractive.

En s'installant loin des villes, les familles allongent pourtant leurs déplacements, non seulement pour se rendre au travail, mais aussi pour accéder aux équipements (achats, démarches, loisirs).

Un des objectifs de la loi Grenelle[2] sur les transports durables est d'ouvrir la voie à de nouvelles façons de se déplacer : développement des transports collectifs avec l'aide de l'État, mise en place d'un plan véhicule électrique, développement du covoiturage.

D'après le site Internet de l'INSEE, *Décimal* n° 325, avril 2013.

1. Fiscalité : impôts
2. Loi Grenelle : ensemble des mesures en faveur du développement durable (2009-2010)

Document 2 Photographie aérienne de la commune de Chassieu, dans la banlieue-Est de Lyon

Questions

1. D'après le document 1, citez pour l'aire urbaine d'Angoulême :
a) Un espace qui gagne des habitants. **(2 points)**
b) Un espace qui perd des habitants. **(2 points)**

2. Quel phénomène est ainsi mis en évidence ? Peut-on le généraliser à l'échelle de la France ? **(3 points)**

3. Dans le document 1, relevez deux raisons qui expliquent la périurbanisation. **(3 points)**

4. Tâche cartographique : à l'aide du document 1 et de vos connaissances, complétez le schéma de l'aire urbaine page ci-contre.
a) Complétez la légende. **(2 points)**

b) Reportez sur le schéma les déplacements quotidiens des habitants. **(2 points)**

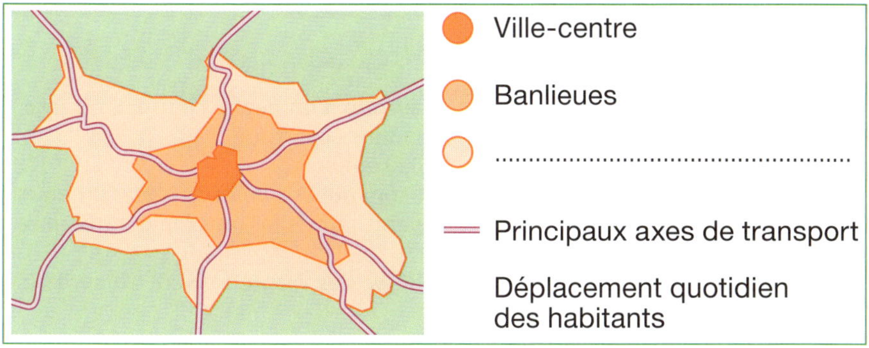

5. À l'aide des documents 1 et 2 et de vos connaissances, décrivez deux conséquences de la périurbanisation. **(3 points)**

6. Quel est l'impact de la périurbanisation sur le développement durable ? Pour répondre à cette question, complétez le schéma suivant en donnant un argument par « pilier » du développement durable. **(3 points)**

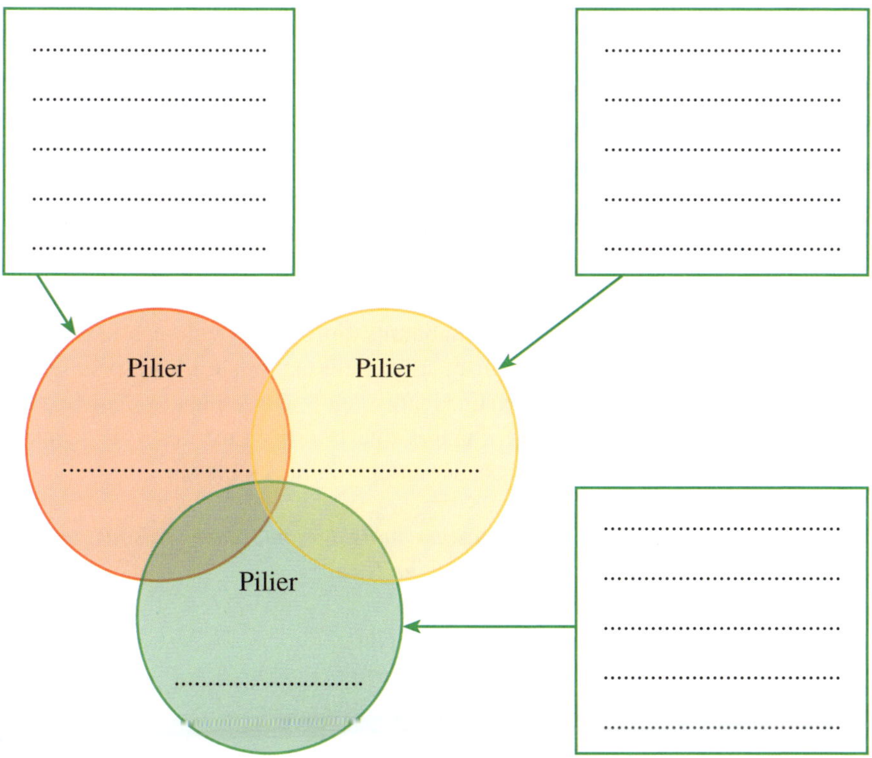

CORRIGÉ

Ce qu'il faut savoir avant de commencer

• **La définition de l'aire urbaine varie beaucoup d'un pays à l'autre.** En France, une aire urbaine est un ensemble de communes constitué par :
– un pôle urbain regroupant plus de 10 000 emplois ;
– une couronne périurbaine composée de communes rurales ou unités urbaines dont au moins 40 % de la population ayant un emploi travaille dans le reste de l'aire urbaine.
• Si on retient cette définition, **plus de 80 % des Français vivent aujourd'hui dans les aires urbaines.**
• À l'intérieur des aires urbaines, l'augmentation de la population se fait davantage par étalement que par densification du pôle urbain. Ainsi, le périmètre des aires urbaines s'agrandit. Ce mouvement exprime à la fois la **métropolisation du peuplement**, comprise comme le regroupement des habitants, de la richesse et des fonctions de commandement dans les aires urbaines, et la **périurbanisation**, c'est-à-dire la croissance démographique des communes périphériques. Mais en s'installant de plus en plus loin des pôles urbains, les personnes allongent leurs déplacements quotidiens (les fameuses « migrations pendulaires » entre les lieux de résidence et de travail).

1. a) Un espace de l'aire urbaine qui gagne des habitants : la couronne périurbaine (ou les communes de la périphérie ou le périurbain).
b) Un espace de l'aire urbaine qui perd des habitants : la ville-centre d'Angoulême.

2. Le phénomène de périurbanisation est ici mis en évidence : la couronne périurbaine d'Angoulême gagne des habitants alors que la ville-centre en perd. Cette observation peut être généralisée à l'échelle nationale : les espaces périurbains sont la partie des aires urbaines qui progressent le plus (+ 40,4 % pour la population entre 1999 et 2008), tandis que la croissance des villes-centres (ou « grands pôles urbains ») est beaucoup plus faible (+ 8,8 %).

3. *On ne vous demande que deux raisons, mais de nombreuses raisons peuvent expliquer la périurbanisation, parmi lesquelles :*
– l'envie d'un meilleur cadre de vie ;
– la possibilité de vivre en maison individuelle ;
– la différence attractive du prix au mètre carré ;
– la recherche d'une fiscalité locale plus attractive.

4.

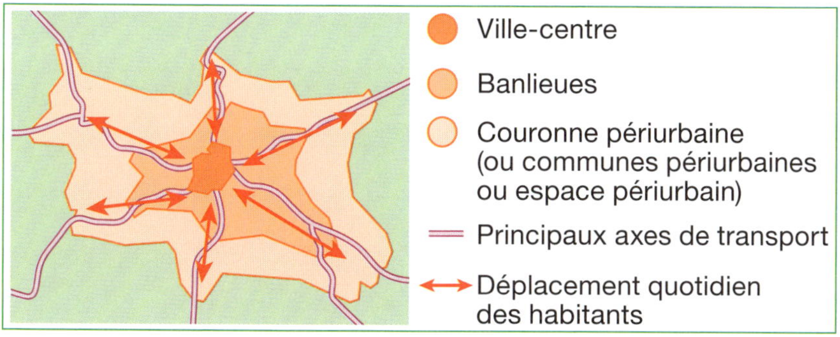

5. *Deux réponses sont possibles parmi les suivantes :*

– l'agrandissement du périmètre des aires urbaines par l'étalement du bâti ;
– le mitage des espaces ruraux/agricoles par l'urbanisation ;
– les conflits d'usage déclenchés par le mitage des espaces ruraux/agricoles ;
– l'allongement des temps de transport entre le lieu de résidence et le lieu de travail.

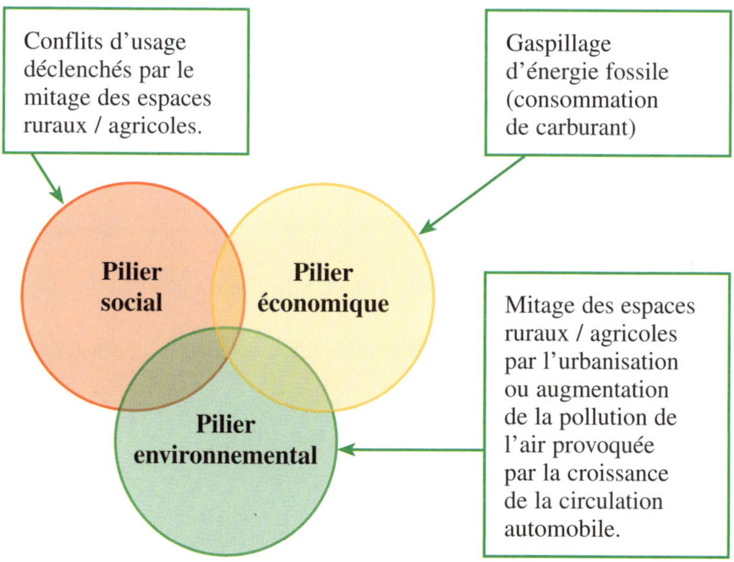

Sujet 16

Dynamiques territoriales de la France contemporaine

Exercice : 20 points

Maîtriser différents langages pour raisonner et se repérer

ÉNONCÉ Les aires urbaines : évolutions de la France urbaine

Document 1 Évolutions de la France urbaine

L'un des éléments majeurs qui transforme le territoire national et la société française est la généralisation du fait urbain. Le seuil des 50 % de population urbaine, atteint au niveau mondial en 2007, a été franchi en France dès 1931. [...] Les villes occupent aujourd'hui près de 22 % du territoire métropolitain, soit 119 000 km^2 sur un total de 550 000, contre 100 000 km^2 en 1999, ce qui représente une progression de 19 % en dix ans. Le rythme de la croissance urbaine est ainsi plus soutenu qu'au cours des décennies précédentes, proche de celui des années 1950 et 1960.

La croissance urbaine se traduit par l'agrandissement d'agglomérations existantes ou par l'apparition de nouvelles villes isolées. [...] Aujourd'hui, l'urbanisation du territoire français est essentiellement le produit de l'étalement urbain, c'est-à-dire de l'extension des surfaces urbanisées. [...]

Cette généralisation du fait urbain a des conséquences majeures pour les territoires et leurs habitants. Elle transforme aussi bien les formes que les paysages. Lyon est un bon exemple de la diversité des espaces urbains à l'intérieur d'une même aire urbaine. L'étalement urbain brouille en effet les frontières traditionnelles de la ville. L'apparition de l'adjectif « périurbain » souligne l'émergence d'un espace mélangeant ville et campagne.

D'après Magali Reghezza-Zitt, « La France, une géographie en mouvement », *La Documentation photographique*, n° 8096, 2013.

Questions

1. Recopiez deux informations du texte montrant que la population habitant dans les villes augmente. **(4 points)**

2. Citez une information du texte qui montre que l'étalement urbain concerne l'ensemble du territoire national. **(3 points)**

3. Indiquez une conséquence de l'étalement urbain. **(3 points)**

4. Expliquez la phrase soulignée. **(4 points)**

5. Réalisez un schéma et sa légende des différents types d'espaces qui composent une aire urbaine. **(6 points)**

CORRIGÉ

Ce qu'il faut savoir avant de commencer

• Comme dans tous les pays riches et industrialisés, la **forme urbaine** est la forme dominante du peuplement en France. Ainsi, plus de 80 % des Français vivent aujourd'hui dans les aires urbaines. Une aire urbaine désigne un ensemble de communes proches les unes des autres, avec une ville-centre, sa banlieue et sa couronne périurbaine, dont au moins 40 % des habitants travaillent dans la ville-centre.
• La plus forte croissance de la population se situe dans les couronnes périurbaines, qui s'étalent à la périphérie des aires urbaines. Les paysages périurbains sont constitués de lotissements pavillonnaires et de zones commerciales qui « mitent » les espaces ruraux disponibles. Leur croissance désordonnée s'appuie sur des moyens de transport diversifiés (route/voie ferrée ; individuel/collectif), déployés dans toutes les directions, et parfois interconnectés.
• Les centres-villes perdent des habitants partis à la périphérie, mais regroupent de plus en plus des populations aisées : c'est la « gentrification ». Car les centres-villes restent des lieux de concentration des pouvoirs politique et administratif (ministères, collectivités territoriales), et des pôles culturels (musées, patrimoine architectural).

1. La croissance de la population urbaine est citée deux fois dans le texte :
– « Le rythme de la croissance urbaine est ainsi plus soutenu qu'au cours des décennies précédentes, proche de celui des années 1950 et 1960 » ;
– « Le seuil des 50 % de population urbaine, atteint au niveau mondial en 2007, a été franchi en France dès 1931 ».
Autre réponse possible : « L'un des éléments majeurs qui transforme le territoire national et la société française est la généralisation du fait urbain ».

2. L'étalement urbain concerne l'ensemble du territoire national : « Les villes occupent aujourd'hui près de 22 % du territoire métropolitain, soit 119 000 km^2 sur un total de 550 000, contre 100 000 km^2 en 1999, ce qui représente une progression de 19 % en dix ans ». On peut aussi citer :
– « La croissance urbaine se traduit par l'agrandissement d'agglomérations existantes ou par l'apparition de nouvelles villes isolées » ;
– « Aujourd'hui, l'urbanisation du territoire français est essentiellement le produit de l'étalement urbain, c'est-à-dire de l'extension des surfaces urbanisées ».

3. Plusieurs réponses sont possibles. Il faut en choisir une parmi les suivantes :
– « L'étalement urbain brouille en effet les frontières traditionnelles de la ville » ;
– « (l'étalement urbain) transforme aussi bien les formes que les paysages ».

Partout, les villes s'agrandissent, de nouvelles villes naissent, un espace qui mélange ville et campagne (périurbanisation) apparaît.

4. L'étalement urbain est une forme de développement périphérique des villes qui « grignotent » peu à peu la campagne en s'appuyant sur des communes rurales existantes et sur les grands axes de circulation terrestre (routes, voies ferrées). Ainsi, les paysages sont brouillés : on a du mal à identifier ce qui relève de l'espace urbain ou de l'espace rural dans ces zones périphériques.

5. Les différents types d'espaces qui composent une aire urbaine

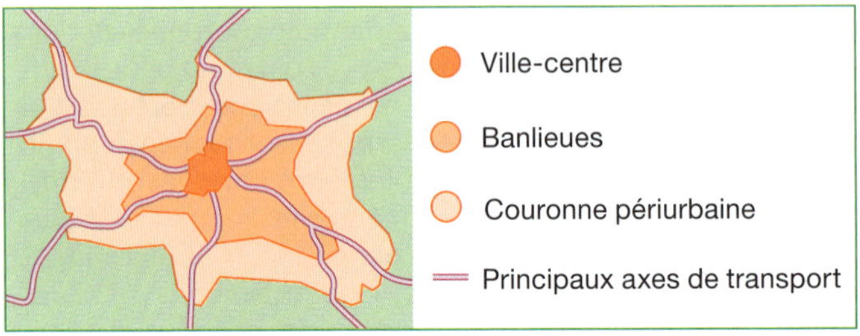

Sujet 17

Dynamiques territoriales de la France contemporaine

Exercice : 20 points

Maîtriser différents langages pour raisonner et se repérer

ÉNONCÉ Les espaces productifs et leurs évolutions

Document 1 Les espaces productifs et leurs évolutions : l'exemple du Nord et du Pas-de-Calais

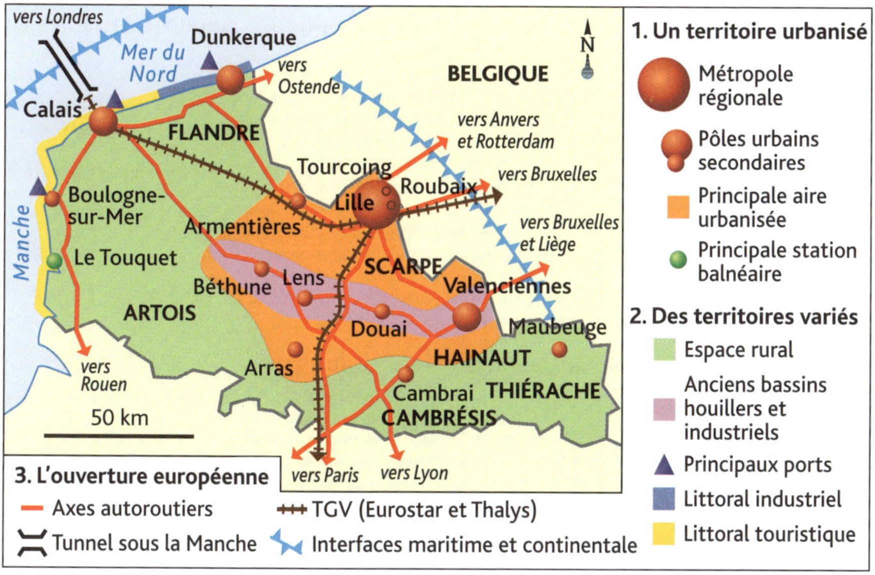

Document 2 La reconversion industrielle du Nord et du Pas-de-Calais

À partir du XIXe siècle, la Région du Nord-Pas-de-Calais s'affirme comme une grande région industrielle dont le textile, le charbon puis la sidérurgie constituent les trois piliers. L'industrialisation s'accompagne d'une explosion démographique […] et d'un développement urbain très rapide. L'habitat se polarise à cette époque autour des centres de production : bassin minier, nord-est de la métropole lilloise et vallée de la Sambre. […] Dès les années soixante, la crise économique s'amorce avec le déclin de la sidérurgie dans la Sambre et la disparition programmée des mines de charbon. […] Entre 1962 et 1999, la Région a perdu plus de 325 000 emplois industriels traditionnels.

Cette déprise provoque une importante crise sociale, environnementale et urbaine. Le Nord-Pas-de-Calais accuse encore un déséquilibre entre sa masse démographique et son poids économique. Son produit intérieur brut (PIB) régional représente en 2006, 5,15 % du PIB national alors que la Région compte 6,6 % de la population métropolitaine. Actuellement, les friches industrielles totalisent 50 % du stock national. […]

Les pouvoirs publics (Communauté européenne, État central, région) s'engagent rapidement dans une politique de reconversion industrielle, avec le développement du pôle de Dunkerque, l'implantation d'importantes unités de construction automobile (Douai, Valenciennes, Maubeuge), le développement de la pétrochimie (Dunkerque), la plasturgie (ouest de l'ancien bassin minier). […] La conversion déplace les pôles et se traduit par de nouvelles pressions foncières sur le littoral, au sud de la métropole lilloise, autour d'Arras, et au sud-est de Valenciennes.

« La reconversion industrielle du Nord-Pas-de-Calais » : site Internet de la Direction de l'aménagement, de l'Emploi et du Logement de la région Nord-Pas-de-Calais.

Questions

1. Repères sur les documents 1 et 2 :

a) Quelle métropole domine les départements du Nord et du Pas-de-Calais ? **(1 point)**

b) Quand débute l'industrialisation du Nord et du Pas-de-Calais ? **(1 point)**

c) À quel grand ensemble européen le Nord et le Pas-de-Calais appartiennent-ils ? **(1 point)**

2. Observez le document 1 :

a) Pourquoi la position du Nord et du Pas-de-Calais dans l'espace européen est-elle un atout ? **(3 points)**

b) Quels équipements valorisent cette position ? **(3 points)**

3. Lisez le document 2 :

a) Quelles étaient les productions industrielles traditionnelles de la région du Nord et du Pas-de-Calais ? **(3 points)**

b) Quelles sont les nouvelles activités industrielles de ces départements ? **(3 points)**

c) Qui a dirigé la « reconversion industrielle » de ces départements ? **(2 points)**

d) Est-ce que cette reconversion a amélioré la situation économique du Nord et du Pas-de-Calais ? **(3 points)**

CORRIGÉ

Ce qu'il faut savoir avant de commencer

• Depuis les chocs pétroliers des années 1970, **la chute de la croissance économique a provoqué une baisse de la valeur et de l'emploi industriel en France.** La crise économique a déclenché des crises sectorielles dans la sidérurgie et le textile, puis les constructions navales, les constructions mécaniques, enfin l'automobile, les constructions électriques et l'électronique.
• Le repli de l'industrie pénalise aussi les autres activités. Par exemple, les services aux entreprises sont beaucoup achetés par les entreprises industrielles, le transport étant le premier d'entre eux. Ensuite, viennent les services d'administration (assurances, comptabilité) et les services généraux (maintenance des machines, nettoyage). Les entreprises industrielles achètent aussi des services de publicité et de recherche-développement. En résumé, tout le système productif est fragilisé par les difficultés de l'industrie.
• **Les départements industriels du Nord et du Pas-de-Calais ont été pénalisés par des crises sectorielles** (mines, sidérurgie, textile). L'exploitation de gisements de matières premières et énergétiques plus rentables dans d'autres parties du monde, la mondialisation des échanges, la concurrence des ouvriers exploités du tiers-monde ont détruit beaucoup d'emplois dans ces espaces, qui concentrent la moitié du stock national des friches industrielles.

1. Repères sur les documents 1 et 2 :
a) la métropole de Lille ;
b) l'industrialisation débute au XIXe siècle ;
c) la mégalopole européenne.

2. Document 1 :
a) Les département du Nord et du Pas-de-Calais forment un espace ouvert sur la mégalopole européenne (la zone la plus peuplée, la plus active et la mieux connectée à la mondialisation) et la *Northern Range* (façade maritime située au nord-ouest de l'Europe, sur les littoraux de la mer du Nord et de la Manche).
b) La position du Nord et du Pas-de-Calais est un atout car elle est valorisée par les autoroutes, les lignes TGV (Eurostar et Thalys) et le tunnel sous la Manche.

3. Document 2 :
a) Le textile, le charbon puis la sidérurgie étaient les productions historiques du Nord et du Pas-de-Calais.
b) Les nouvelles activités industrielles sont la construction automobile, la pétrochimie et la plasturgie (transformation du plastique).
c) Les pouvoirs publics (Union européenne, État central, région) ont dirigé la reconversion industrielle.

d) Malgré la reconversion industrielle, le Nord-Pas-de-Calais accuse « encore un déséquilibre entre sa masse démographique et son poids économique. Son produit intérieur brut (PIB) régional représente en 2006, 5,15 % du PIB national alors que la région compte 6,6 % de la population métropolitaine ». Ses friches industrielles totalisent encore 50 % du stock national.

Sujet 18

Dynamiques territoriales de la France contemporaine

Exercice : 20 points

Maîtriser différents langages pour raisonner et se repérer

ÉNONCÉ **Territoire français et mondialisation**

1. Rédigez un texte structuré d'une vingtaine de lignes montrant que la mondialisation transforme les espaces productifs français. Vous traiterez au choix : espaces productifs industriels OU espaces productifs agricoles OU espaces productifs touristiques OU espaces productifs d'affaires. Vous pouvez vous appuyer sur un exemple étudié en classe. **(10 points)**

2. En utilisant la légende, localisez et nommez sur la carte :

a) un grand port maritime

b) deux métropoles

c) placez sur la carte la principale façade maritime française ouverte sur le monde et reportez le figuré choisi en légende. **(10 points)**

Territoire français et mondialisation : quelques aspects

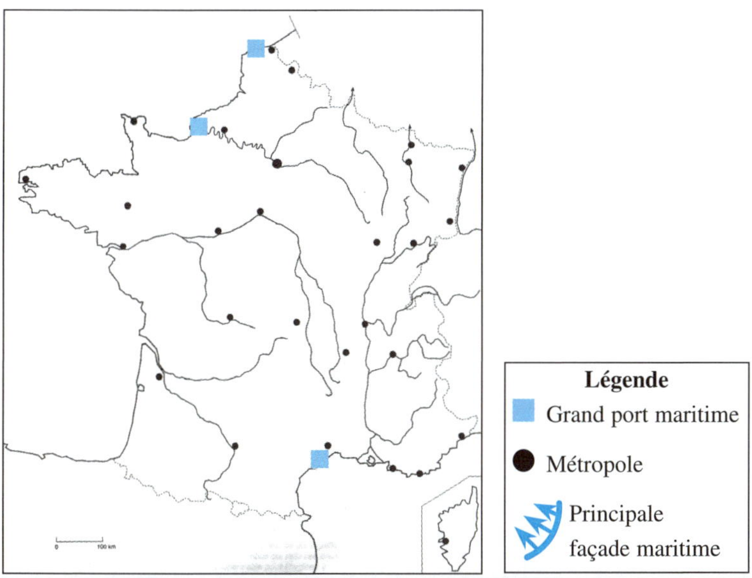

CORRIGÉ

1. La mondialisation explique la nouvelle division internationale du travail (NDIT). Concrètement, les firmes transnationales (FTN) recherchent le coût le plus bas de la main-d'œuvre. Cette stratégie entraine des délocalisations, notamment dans les industries textile et automobile, au profit des pays de l'Asie du Sud-Est et d'Europe de l'Est. En même temps, la mondialisation aggrave la mise en concurrence des territoires français. En effet, ce ne sont plus les ressources naturelles ni la main-d'œuvre qui déterminent la localisation d'activité sur un territoire, mais l'innovation, la connexion au monde et la qualité de l'environnement :

– La capacité d'innovation est un facteur-clé pour comprendre la localisation des activités. Les espaces les plus attractifs sont les technopôles (cité scientifique Paris-Sud, Sophia Antipolis à Nice, Innovallée à Grenoble) et les pôles de compétitivité regroupant des entreprises de haute technologie, des centres de recherche et des établissements d'enseignement supérieur (le plateau de Saclay en Île-de-France). L'innovation donne l'avantage aux grandes aires urbaines du fait de la concentration des grandes écoles et des universités.

– La présence d'un port, d'un aéroport, d'une gare TGV ou d'autoroutes est un autre facteur d'implantation. La logique de connexion explique :

– la littoralisation croissante des activités sur quatre grandes zones industria-lo-portuaires (ZIP) – Dunkerque, Marseille-Fos-sur-Mer, Saint-Nazaire et le Havre –, qui sont des interfaces entre la France et le reste du monde

– la métropolisation du peuplement et des activités sur une dizaine de grandes aires urbaines où sont concentrées les activités du tertiaire supérieur (métiers de service à haut niveau de qualification et fonctions de commandement) et les services rares (les hôpitaux par exemple). Ainsi, Paris et la région Île-de-France sont toujours au cœur du système productif, avec 30% du PIB national. Elle est valable pour les espaces industriels, pour les espaces agricoles spécialisés (céréaliculture des bassins parisien et aquitain, élevage intensif breton, viticulture languedocienne…) et pour les espaces du tourisme de masse (l'Île-de-France, le littoral méditerranéen, le massif alpin).

– La qualité de l'environnement est le dernier facteur de localisation. Elle joue en faveur des littoraux de la Méditerranée et de l'Atlantique, ainsi que des vallées alpines.

2. Vous devez indiquer, au choix, un grand port maritime, deux métropoles et placer la principale façade maritime française ouverte sur le monde : la Northern Range sur la Manche, entre les ports de Dunkerque et du Havre, face à l'Angleterre.

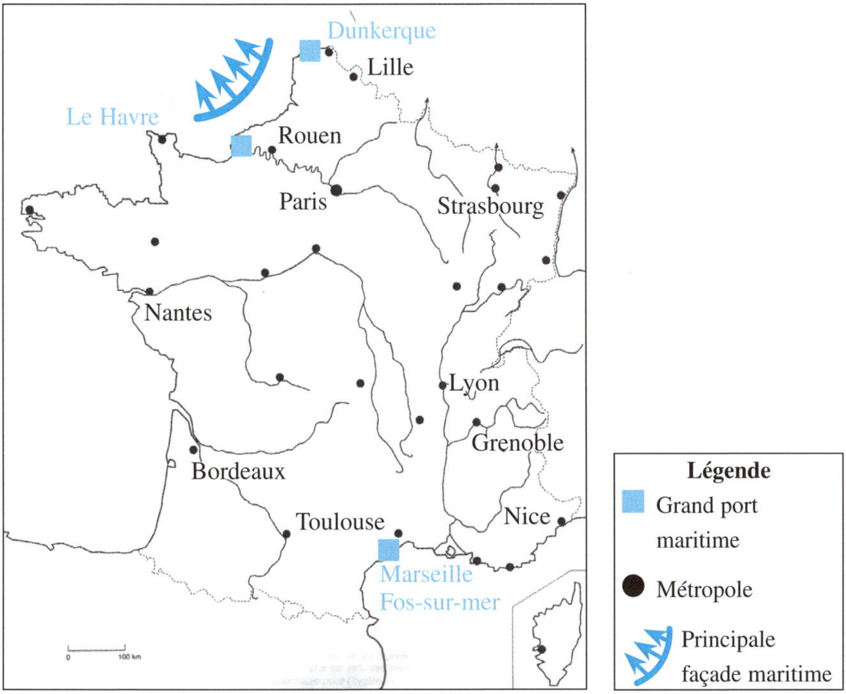
Dunkerque
Lille
Le Havre
Rouen
Paris
Strasbourg
Nantes
Lyon
Grenoble
Bordeaux
Nice
Toulouse
Marseille
Fos-sur-mer
Légende
Grand port maritime
Métropole
Principale façade maritime

Sujet 19

Dynamiques territoriales de la France contemporaine

Exercice : 20 points

Analyser et comprendre des documents

ÉNONCÉ Les espaces de faible densité [...] et leurs atouts

Document 1 De nouveaux enjeux pour le Cantal

Le Cantal, un territoire sans demandeur d'emploi ? Avec un taux de chômage de 6,3 % au troisième trimestre 2016, le département affiche le taux le plus faible de France devant la Lozère [...].

Ces bons chiffres devraient ravir les acteurs économiques. Mais la réalité est plus contrastée. Car le département, dont la préfecture est l'une des rares à ne pas être reliée à l'autoroute, est sujet au déclin démographique – il a perdu 9 % de ses habitants entre 1982 et 2010 – et à un vieillissement de sa population.

Si certains secteurs d'activité, comme le transport ou le bâtiment, peinent à recruter, les services publics, eux, sont en décroissance, nuance Éric Debuire, secrétaire général départemental de la CGT, installé dans le Cantal depuis 2000. « Le département a perdu six bureaux de postes, cinq trésoreries principales, une agence EDF doit fermer en juin, le ferroviaire est à l'abandon… », détaille le syndicaliste. « Nous sommes dans une zone rurale peuplée de personnes âgées, ayant un revenu très bas, qui a besoin d'une politique de services publics de proximité ». Pour les élus, l'enjeu principal est d'attirer de nouveaux habitants, en leur proposant une offre complète. « Il leur faut insister sur la qualité de vie dans le territoire et sur la qualité des services liés par exemple à la scolarité des enfants ou aux nouveaux usages numériques », explique Laurent Rieutort, directeur de l'Institut d'Auvergne du développement des territoires. Salons spécialisés, dispositif WorK2Be pour trouver du travail au conjoint d'un nouvel arrivant, accompagnement des porteurs de projets… Les outils se sont multipliés pour transmettre un même message : « Le Cantal embauche ! » Et, depuis 2003, ils ont permis à 96 familles de s'installer dans le département.

Surtout, la clé pour le territoire est de parvenir à retenir ses jeunes. Faute d'offre universitaire suffisante dans le département, nombre d'étudiants vont suivre un cursus ailleurs. Et trouvent, ensuite, un emploi sur place. [...].

Solène Lhénoret, « Dans le Cantal, trouver trente salariés ce n'est pas évident », *Le Monde*, mis en ligne sur le site lemonde.fr le 24 mars 2017.

Document 2 Image utilisée dans le cadre d'une opération de communication menée par le département du Cantal en 2017

Site : cantalauvergne.com.

Questions

Document 1

1. Relevez quatre éléments qui, d'après cet article, montrent que la situation du Cantal est révélatrice de celle que connaissent les espaces de faible densité.

Document 2

2. Quelles catégories de population le Cantal cherche-t-il à retenir et à attirer ? Pourquoi ?

Documents 1 et 2

3. Relevez une phrase du document 1 permettant d'expliquer le message du document 2.

4. À l'aide de l'exemple du Cantal et de vos connaissances, montrez qu'un espace de faible densité possède des atouts et peut les valoriser.

CORRIGÉ

Ce qu'il faut savoir avant de commencer…

• Les espaces de faible densité (moins de 30 hab./km^2) regroupent à peine 5 % de la population française, mais couvrent 40 % du territoire national. Ils ont longtemps été confondus avec les « campagnes » (par opposition aux « villes »), donc avec des espaces agricoles. Ces espaces se localisent principalement dans la « diagonale des faibles densités » : une bande de départements traversant le pays du Nord-Est au Sud-Ouest. Il faut y ajouter les montagnes des Alpes, des Pyrénées, du Jura et de la Corse intérieure et les régions de l'agriculture intensive. Le département du Cantal appartient à la « diagonale des faibles densités » puisqu'il se situe dans le Massif central. Ces territoires isolés seraient en déprise humaine et économique.

• Dès les années 1970, cependant, des géographes s'opposent au discours alarmiste sur les faibles densités. Pour quelles raisons ?

• Les espaces de faible densité ont des trajectoires très variées qui nous empêchent de confondre toutes les situations : campagnes où l'agriculture décline ou campagnes performantes et intégrées dans la mondialisation, campagnes abandonnées ou campagnes repeuplées, résidentielles et récréatives, à la marge des aires urbaines...

• Les espaces de faible densité profitent aussi de l'émergence des problématiques de développement durable. Les grandes surfaces disponibles permettent l'exploitation de la forêt ou le développement des énergies renouvelables (éolien et solaire photovoltaïque). Les parcs nationaux et les parcs naturels régionaux visent à protéger les milieux naturels, tout en favorisant une activité touristique respectueuse de l'environnement.

1. *Plusieurs éléments de réponse sont proposés sur les quatre attendus*

– l'isolement : « Car le département, dont la préfecture est l'une des rares à ne pas être reliée à l'autoroute […] » ;

– la baisse du nombre d'habitants : « (le département) est sujet au déclin démographique – il a perdu 9 % de ses habitants entre 1982 et 2010 » ;

– le vieillissement de la population : « une zone rurale peuplée de personnes âgées […] » ;

– le recul des services publics : « Le département a perdu six bureaux de postes, cinq trésoreries principales, une agence EDF doit fermer en juin, le ferroviaire est à l'abandon… » ;

– la pauvreté : « une zone rurale peuplée de personnes âgées, ayant un revenu très bas ».

2. Le Cantal cherche à retenir ses jeunes qui, faute d'offre universitaire suffisante dans le département, vont suivre une formation ailleurs et trouvent, ensuite, un emploi sur place. Il doit également attirer de nouveaux habitants, des jeunes actifs avec ou sans enfant.

3. « Les outils se sont multipliés pour transmettre un même message : « Le Cantal embauche ! » Et, depuis 2003, ils ont permis à 96 familles de s'installer dans le département ».

4. Un espace de faible densité possède des atouts et peut les valoriser.
Le développement des espaces de faible densité s'appuie tout d'abord sur l'agriculture : grandes cultures productivistes fortement mécanisées et intégrées à l'industrie agroalimentaire (l'est du Bassin parisien, par exemple) ; productions à forte valeur ajoutée (la viticulture dans le Bordelais, en Bourgogne, en Champagne) ; promotion d'une agriculture de terroir, mettant en avant des produits locaux pour associer la ruralité à la qualité des produits alimentaires.
Le développement des espaces de faible densité repose aussi sur le tourisme. Ces espaces sont des lieux récréatifs, dont l'usage est fondé sur la valorisation de leurs ressources naturelles et culturelles (le « tourisme vert »).
Enfin, le développement des espaces de faible densité repose sur une image positive (espace ouvert, contact avec la nature...) et sur des avantages concrets par rapport aux aires urbaines (terrains disponibles et moins chers, fiscalité locale allégée...). Ils attirent ainsi de nouveaux habitants, des « néoruraux », qui viennent s'y installer de façon permanente ou temporaire (périurbanisation, installation de retraités, résidences secondaires...).

Sujet 20

Dynamiques territoriales de la France contemporaine

Exercice : 20 points

Maîtriser différents langages pour raisonner et se repérer

ÉNONCÉ **Les espaces de faible densité [...] et leurs atouts**

1. En vous appuyant sur des exemples vus en classe, rédigez un développement construit, d'environ vingt lignes, montrant que les espaces français de faible densité disposent d'atouts qu'ils mettent en valeur pour dépasser leurs contraintes. **(15 points)**

2. L'inégale répartition de la population française.

a) Pour chaque élément de la légende, choisissez un figuré adapté. **(1 point)**

b) En respectant les figurés choisis précédemment, complétez la carte. **(3 points)**

c) Nommez dans la légende l'espace de faible densité de population représenté par un cercle en gras. **(1 point)**

L'inégale répartition de la population française

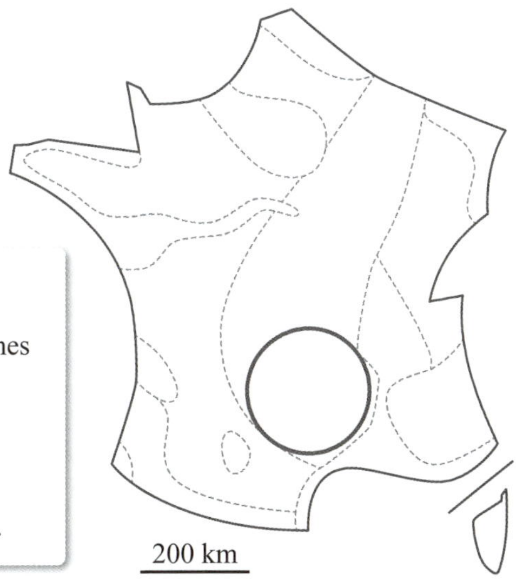

☐ Fortes densités de population

☐ Densités de population moyennes

☐ Densités de population faibles

◯ Un espace de faible densité de population :

....

CORRIGÉ

1. – Les espaces de faible densité sont regroupés dans la « diagonale des faibles densités » qui recouvre des territoires moins peuplés que la moyenne française, formant une bande traversant le pays du Nord-Est au Sud-Ouest. Auxquels il faut ajouter les montagnes des Alpes, des Pyrénées, du Jura et de la Corse intérieure et les régions de l'agriculture intensive. Ces territoires sont en déprise humaine et économique. En effet, beaucoup connaissent un solde démographique négatif, moins à cause des départs que des décès : la population âgée meurt progressivement, et le nombre de nouveaux jeunes (sur place ou arrivants) susceptibles d'avoir des enfants ne suffit pas à la remplacer. D'autant que la faiblesse de l'emploi dans ces espaces peu peuplés réduit les arrivées d'actifs au profit des retraités.

– L'inquiétude pour une France « du vide » date de la fin du XIXe siècle, et elle est restée forte au siècle suivant. Dès les années 1970, cependant, des géographes s'opposent au discours alarmiste sur les faibles densités. Pour quelles raisons ?

- La « diagonale des faibles densités » englobe des aires urbaines importantes comme Reims, Clermont-Ferrand ou Limoges, qui disposent par exemple de services de haut niveau comme une université, un centre hospitalier… ;
- La faible densité n'est pas nécessairement synonyme d'isolement ou de retard de développement : les montagnes des Alpes du Nord sont aménagées pour le tourisme de masse ; les campagnes de Champagne sont connectées au monde *via* la commercialisation de leur alcool *(ou un autre exemple étudié en classe)…* ;
- Beaucoup d'espaces de faible densité connaissent une « renaissance démographique » comme par exemple le Parc naturel régional (PNR) du Vercors revitalisé par le tourisme et sa proximité avec l'aire urbaine de Grenoble *(ou un autre exemple étudié en classe)* ;
- Les acteurs publics – l'État, les collectivités territoriales, l'Union européenne – financent des projets de développement dans lesquels les entreprises bénéficient d'avantages lors de leur création dans ces territoires. Ce sont des « zones de revitalisation rurale » (ZRR). Les aides encouragent le savoir-faire artisanal, le « tourisme vert », le télétravail… *(prolonger par un exemple étudié en classe).*

2. a) Pour chaque élément de la légende, choisissez un figuré adapté : un dégradé de couleurs, de la plus sombre à la plus claire (rouge / orange / jaune, par exemple).

b) En respectant les figurés choisis précédemment, complétez la carte : reportez les couleurs sur la carte selon les différentes densités de population.

c) Nommez dans la légende l'espace de faible densité de population représenté par un cercle en gras : le Massif central.

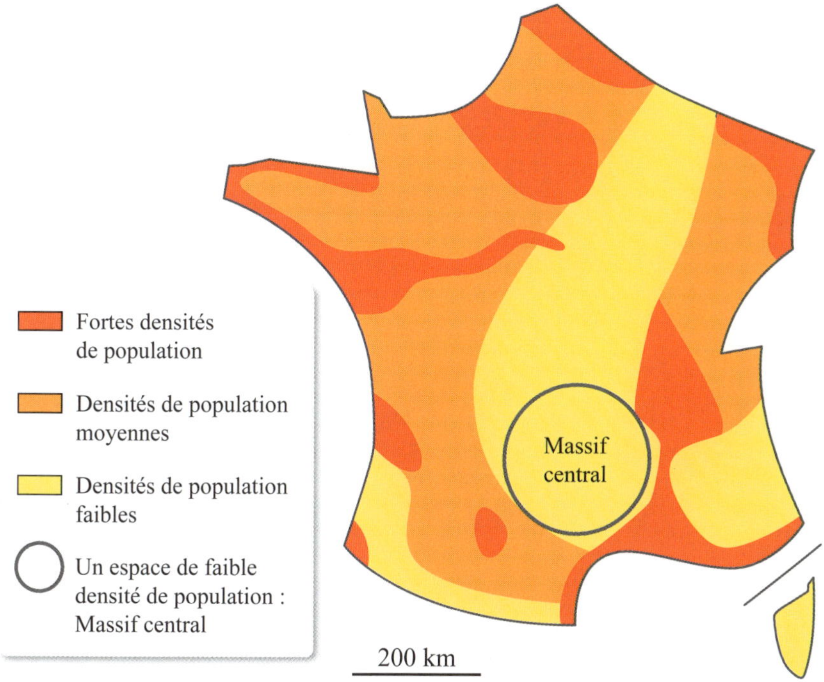

Sujet 21

Pourquoi et comment aménager le territoire ?

Exercice : 20 points

Maîtriser différents langages pour raisonner et se repérer

ÉNONCÉ **Aménager pour répondre aux inégalités croissantes entre territoires français à toutes les échelles**

1. Sous la forme d'un développement construit d'une vingtaine de lignes et en vous appuyant sur un ou des exemples étudiés en classe, décrivez l'impact de l'activité touristique sur le territoire national. Pour cela :

a) Précisez les enjeux de développement durable en matière de tourisme.

b) Montrez que le tourisme est un outil d'aménagement du territoire.

(18 points)

2. Citez quatre aménagements qui structurent cet espace touristique. **(2 points)**

La Marina de la Baie-des-Anges, Côte d'Azur.

CORRIGÉ

1. **Le tourisme cherche un équilibre entre les trois enjeux du développement durable** que sont :
– le bien-être social : permettre aux Français de prendre des vacances pour se reposer, se divertir, se cultiver ;
– la croissance économique : créer des emplois grâce à la fréquentation touristique ;
– la protection de l'environnement : éviter la dégradation des espaces naturels.

Le tourisme est un facteur d'aménagement du territoire :
– Le tourisme commande de grands travaux au cours des décennies 1960 à 1980. Les plus importants sont pilotés par l'État central dans le cadre de la politique d'aménagement du territoire. Les espaces du tourisme de masse – l'Île-de-France, les littoraux de la Côte d'Azur et du Languedoc-Roussillon, les Alpes du Nord – sont ainsi capables d'accueillir des millions de personnes. Pour cela, ils sont desservis par des voies de communication à haut débit (autoroutes, lignes à grande vitesse) qui sont souvent saturées en périodes de vacances. Les capacités d'hébergement sont surdimensionnées.
– Les rapports des touristes au territoire français sont multiples, parfois contradictoires : fréquentation et, en même temps, consommation de biens et de services sur place, souvent au détriment des populations locales. Toutes ces actions sont renforcées par la concentration des flux sur des espaces fragiles. Ainsi, le littoral, les montagnes, les centres des villes historiques sont très convoités, non seulement par le tourisme, mais aussi par les autres activités. C'est dans ce contexte que les lois « Littoral » et « Montagne » ont tenté de fixer des règles du jeu. Bien sûr, les espaces peu touristiques – les régions de production agricole intensive ou de tradition industrielle du Nord et de l'Est de la France – ne sont pas concernés par ces conflits d'usage.

2. Quatre éléments structurent cet espace touristique :
– une digue protège le port de plaisance ;
– le port de plaisance sert à amarrer les bateaux des particuliers ;
– des grands ensembles en béton barrent le front de mer ;
– des collines habitées occupent l'intérieur des terres.

Sujet 22

Pourquoi et comment aménager le territoire ?

Exercice : 20 points

Analyser et comprendre des documents

ÉNONCÉ Aménager pour répondre aux inégalités croissantes entre territoires français à toutes les échelles

Document 1 Aménager le territoire pour faciliter la mobilité : l'exemple du Grand Paris Express (GPE)

Le réseau Grand Paris Express permettra de se déplacer de banlieue à banlieue sans passer par la capitale en améliorant les temps de parcours dans les transports en commun. Il vise trois objectifs :

– améliorer les transports au quotidien grâce à des déplacements plus directs et rapides de banlieue à banlieue et ainsi assurer un meilleur accès à l'emploi et aux zones d'activités.

– soutenir le développement économique par la mise en réseau des pôles d'excellence (ou *clusters*), véritables « moteurs économiques » de l'Île-de-France, des gares TGV et des aéroports.

– maîtriser le développement urbain par un aménagement urbain autour d'entités urbaines requalifiées et plus denses, par le désenclavement de territoires mal desservis et par la préservation de l'environnement et de la qualité de vie. [...]

Le réseau de métros automatiques [...] devrait permettre d'attirer 2 millions de voyageurs supplémentaires en Île-de-France chaque jour. Le financement de ce réseau sera assuré par l'État pour un coût de 32 milliards d'euros.

Site de la préfecture du département Val-d'Oise, 2012.

Document 2 Réseaux de transports du Grand Paris

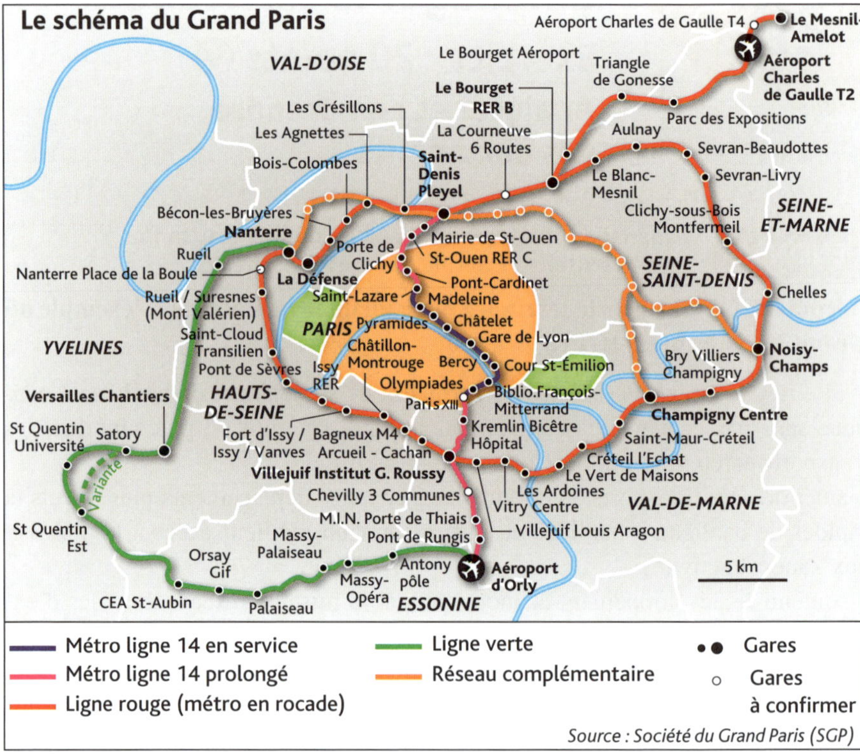

Questions

1. Repères sur les documents 1 et 2 :

a) À quel degré de l'échelle géographique est conçu le Grand Paris Express (GPE) ? **(1 point)**

b) Le Grand Paris Express est un projet de : **(1 point)**

– la région Île-de-France uniquement ?

– l'État central parisien uniquement ?

– la région Île-de-France et de l'État central parisien ?

c) Citez trois départements concernés par le GPE. **(3 points)**

2. Lisez le document 1 :

a) Résumez en une phrase simple ce qu'est le Grand Paris Express (GPE). **(2 points)**

b) Définissez en une phrase l'expression « pôle d'excellence » (ou *cluster*). **(2 points)**

c) À votre avis, pourquoi l'État assure-t-il l'essentiel du financement des travaux ? Justifiez votre réponse en formulant deux hypothèses. **(4 points)**

3. Observez le document 2 :

a) Combien de lignes de métros automatiques seront construites ? **(2 points)**

b) Citez un exemple de population qui profitera du GPE. **(2 points)**

4. Confrontez les documents 1 et 2 :

Quel sera l'impact du GPE sur le développement durable de l'Île-de-France ? Pour répondre à cette question, complétez le schéma suivant en donnant un argument par « pilier » du développement durable. **(3 points)**

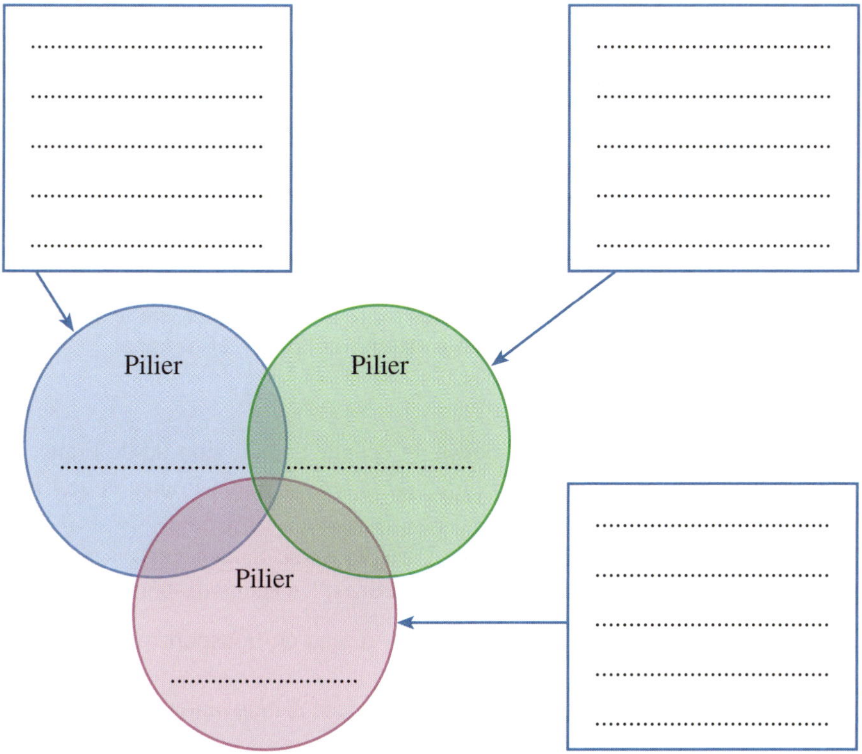

CORRIGÉ

Ce qu'il faut savoir avant de commencer

• Un aménagement conçu à l'échelle régionale :

Comment penser l'aménagement de l'Île-de-France, soit un territoire de 12 millions d'habitants et qui représente 30 % du produit intérieur brut français ? C'est le défi relevé par le Grand Paris Express (GPE). Concrètement, l'idée repose sur le développement et la rénovation d'un **réseau de transport public de voyageurs pour la région Île-de-France**. Sur ce tracé de transport, vont pouvoir émerger de nouveaux quartiers accueillant des logements, des *clusters* et des équipements culturels, en particulier autour de ces lieux structurants que sont les **gares** et les **aéroports**.

• Les enjeux du Grand Paris :

– C'est un enjeu de **qualité de vie** en Île-de-France. Ainsi, le temps de transport quotidien, qui n'a cessé d'augmenter, redeviendra raisonnable.

– C'est un enjeu d'**emploi**, avec environ 15 000 emplois induits chaque année par les travaux, puis plus encore, une fois les lignes mises en service, grâce à une meilleure efficacité du système métropolitain qui bénéficiera à toutes les entreprises.

– C'est un enjeu de **solidarité** au sein de la région, par le désenclavement des territoires les plus pauvres de l'Île-de-France, qui ont besoin d'un accès facilité aux zones d'emploi.

– C'est un enjeu d'**attractivité** de l'Île-de-France et de la France, car le développement équilibré de la région capitale est un sujet d'intérêt national.

1. a) Le Grand Paris Express est conçu à l'échelle de la région Île-de-France.

b) Le Grand Paris Express est un projet de la région Île-de-France et de l'État central parisien.

c) *Plusieurs réponses sont possibles :* Paris, la Seine-Saint-Denis, la Seine-et-Marne, le Val-de-Marne, l'Essonne, les Yvelines, les Hauts-de-Seine.

2. a) Le Grand Paris Express (GPE) est un réseau de transport rapide (métros automatiques).

b) Un pôle d'excellence (ou *cluster*) est un espace d'innovation créant des produits ou des services d'avenir.

c) L'État assure l'essentiel du financement car ce sont des investissements lourds que même la plus riche région de France ne peut alimenter. Le GPE est un projet d'intérêt national qui doit assurer l'insertion de la région Île-de-France dans l'Europe et la mondialisation.

3. a) Quatre lignes de métro automatiques seront construites : une ligne Nord-Sud aéroport d'Orly/Saint-Denis Pleyel (en violet et en rose sur le schéma) ;

un métro en rocade avec un prolongement Nord Le Bourget/aéroport de Roissy (en rouge) ; un arc Ouest la Défense/aéroport d'Orly (en vert) ; un arc Ouest-Est Nanterre/Champigny centre et Noisy-Champs (en orange). La ligne 14 existe déjà en partie et sera prolongée.

b) Les populations qui profiteront du GPE sont les salariés franciliens qui habitent et travaillent en banlieue.

4. *Plusieurs réponses sont possibles. Par exemple :*

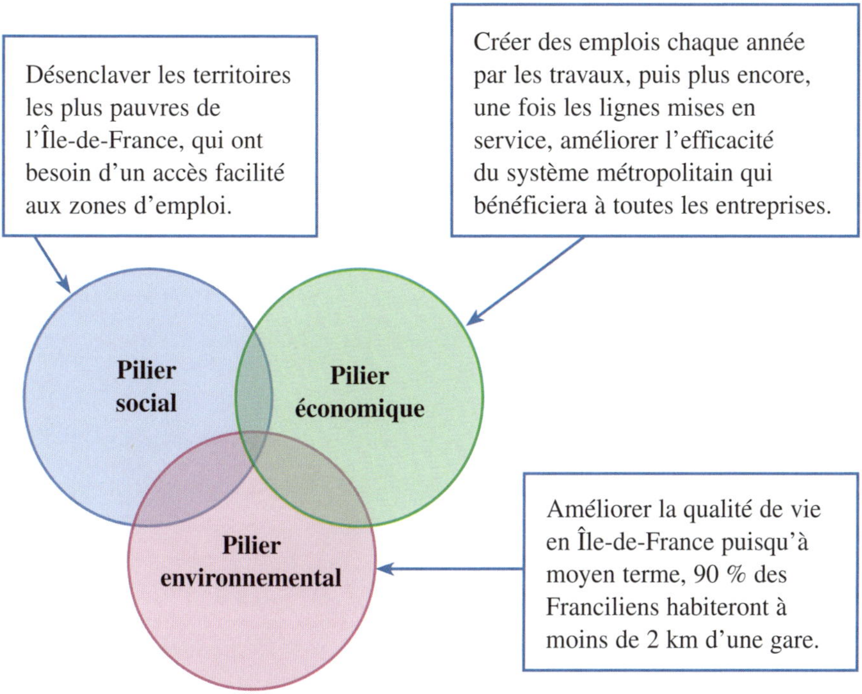

Sujet 23

Pourquoi et comment aménager le territoire ?

Exercice : 20 points

Maîtriser différents langages pour raisonner et utiliser des repères géographiques

ÉNONCÉ Pourquoi et comment aménager le territoire ?

1. Rédigez un développement construit d'environ vingt lignes pour montrer les problèmes spécifiques rencontrés par les territoires ultramarins français et les aménagements réalisés pour tenter d'y remédier. Vous pouvez prendre appui sur un exemple étudié en classe. **(13 points)**

2. L'organisation du territoire français

Sur la carte et la légende **(7 points)** :

a) Complétez la légende des figurés A, B, C et D en choisissant des couleurs adaptées pour montrer les inégalités de dynamisme des quatre espaces.

b) Coloriez la carte à l'aide de la légende.

c) Complétez la légende en indiquant l'information qui correspond au figuré hachuré.

d) Localisez et nommez quatre aires urbaines de votre choix.

e) Expliquez le choix du figuré pour les façades maritimes.

L'organisation du territoire français

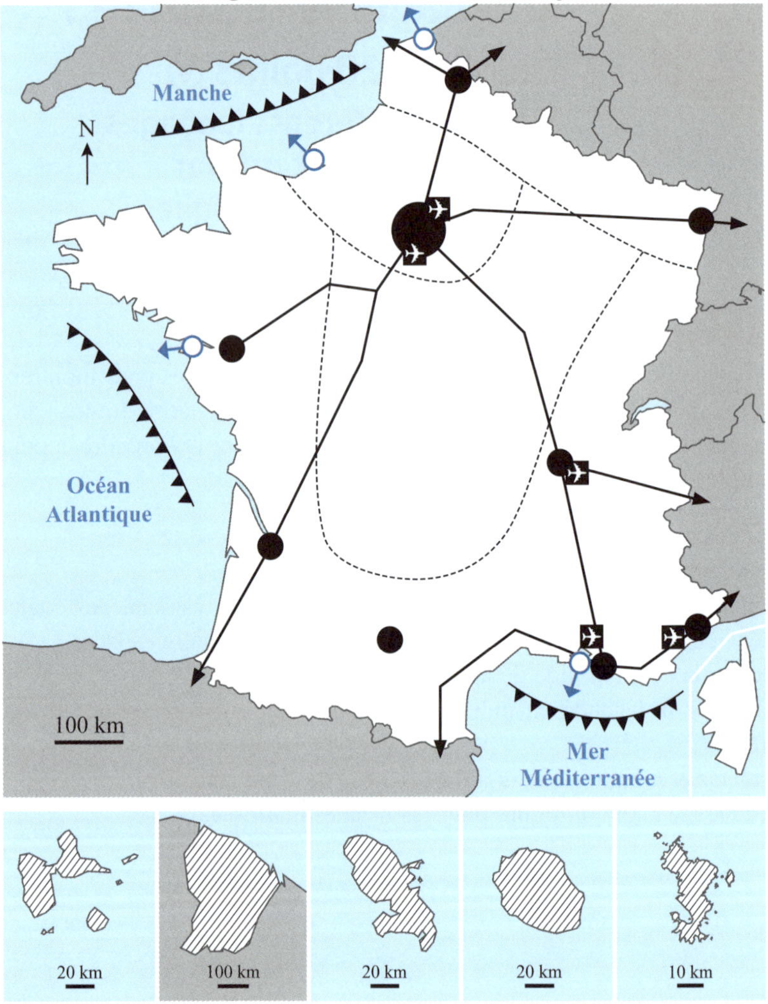

1. Des territoires dynamiques

- A Le cœur économique du pays
- B Espaces périphériques dynamiques
- Métropole mondiale
- Principales aires urbaines
- Ouverture vers les pays voisins
- Principales façades maritimes

2. Des espaces en difficultés

- C Régions industrielles anciennes
- D Espaces ruraux peu reliés au monde
- ……………………………..

3. Des infrastructures de transport inégalement réparties

- Principaux axes terrestres
- Principaux ports
- Principaux aéroports

CORRIGÉ

1. Une douzaine de territoires composent les territoires ultramarins de la France. Ce sont les lieux qui ne sont pas situés sur le territoire européen de la République. La liste comprend 3 départements et régions d'outre-mer (Guadeloupe, Réunion, Mayotte), 2 collectivités uniques (Guyane et Martinique) et 5 collectivités d'outre-mer. Auxquels il faut ajouter la Nouvelle-Calédonie et les Terres australes et antarctiques françaises (TAAF) qui ont des statuts particuliers.
Plusieurs problèmes spécifiques pèsent sur les territoires ultramarins :
– l'éloignement vis-à-vis de la métropole, d'où des temps de trajet longs et coûteux ;
– l'insularité et ses effets négatifs : isolement, pression sur la terre, multiplication des conflits d'usage, difficile mobilité des populations ;
– l'exposition aux aléas naturels ;
– un développement fragile et inégal : des territoires où le revenu par habitant est inférieur à la moyenne nationale, le taux de chômage supérieur, le coût de la vie élevé et les inégalités fortes entre les groupes sociaux ;
– des économies déséquilibrées et dépendantes : hypertrophie des services dominés par le tourisme, agriculture en crise et industrie pas développée. La dépendance des aides métropolitaines et européennes est donc forte.
L'accumulation des difficultés explique les aménagements mis en œuvre pour tenter d'y remédier. Les acteurs des aménagements sont l'État central, les collectivités territoriales et l'Union européenne (car elle considère ces territoires comme des « régions ultrapériphériques » (RUP) en retard de développement).
Des exemples d'aménagement peuvent être développés parmi d'autres décrits en classe :
– l'aménagement d'infrastructures de transports (portuaires, aéroportuaires ou routiers) pour compenser l'éloignement ou améliorer les mobilités (exemples : l'aéroport de Dzaoudzi-Pamandzi à Mayotte, la nouvelle route littorale dans l'île de la Réunion, l'extension du port de commerce de Jarry en Guadeloupe ou celui de Dégrad des Cannes en Guyane…) ;
– les aménagements pour le développement du tourisme (exemple : nouveau terminal de croisière dans le port autonome de Guadeloupe) ;
– l'irrigation des terres agricoles (exemple : le projet « Irrigation Littoral Ouest » à la Réunion).

2. a) Les couleurs doivent rendre compte des inégalités de dynamisme des quatre espaces sur la carte. Pour cela, leur intensité doit varier en fonction du dynamisme de l'espace. Les couleurs doivent aussi reprendre les conventions cartographiques. Par exemple :
– la lettre A : rouge (parce que le dynamisme est le plus fort) ;
– la lettre B : orange ou jaune (parce que le dynamisme est plus faible) ;

– la lettre C : violet ou noir (pour renvoyer à la tradition minière des régions du Nord et de l'Est) ;
– la lettre D : vert (pour signifier le peuplement rural) ou marron (pour le relief du Massif central).

b) Voir carte ci-après.

c) Il faut compléter la légende par : territoires ultramarins (ou territoires d'outre-mer, ou DROM)

d) Voir carte ci-dessous.

e) Plusieurs réponses sont possibles. Par exemple : le choix d'un figuré linéaire pour représenter une interface littorale, c'est-à-dire une zone littorale de contact entre la France et le reste du monde.

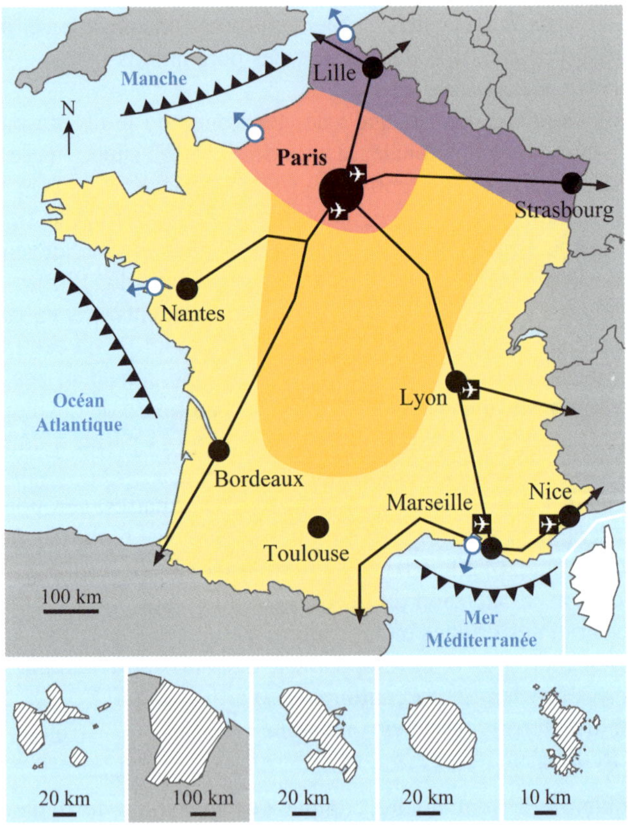

Sujet 24

La France et l'Union européenne

Exercice : 20 points

Maîtriser différents langages pour raisonner et se repérer

ÉNONCÉ **L'Union européenne, un nouveau territoire de référence et d'appartenance**

1. Sous la forme d'un développement construit d'une vingtaine de lignes, décrivez le processus d'intégration des pays et de leur population dans l'Union européenne. Pour cela :
– indiquez les grandes étapes de la construction européenne ;
– présentez les liens qui unissent les États membres et les peuples vivant dans l'Union européenne. **(18 points)**

2. Localisez et nommez sur le fond de carte ci-dessous 4 pays membres de l'Union européenne de votre choix. **(2 points)**

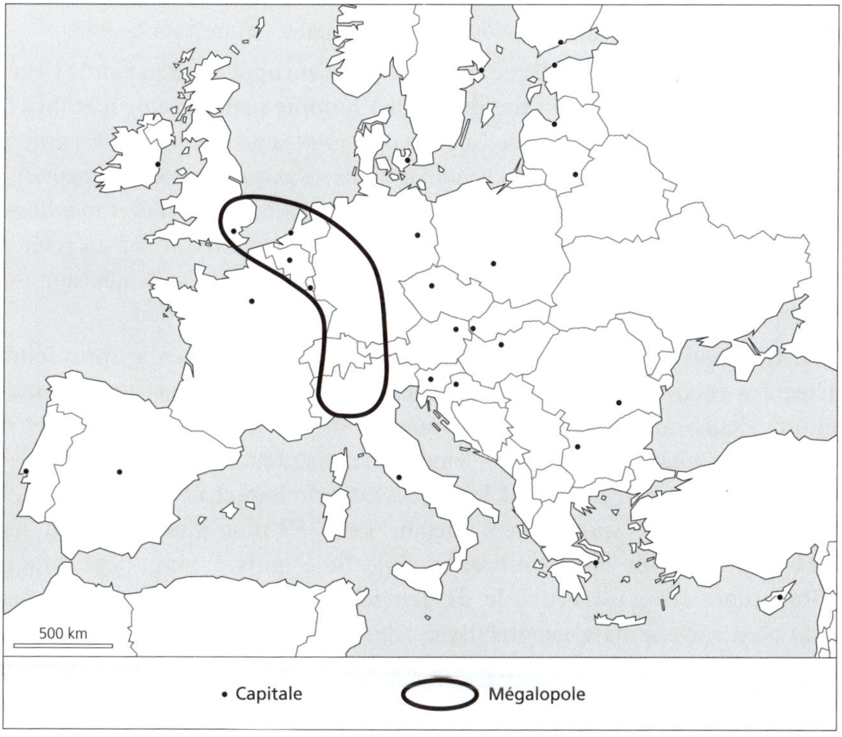

CORRIGÉ

1. **L'Union européenne a été créée par le traité sur l'Union européenne (TUE) signé à Maastricht en 1992.** Elle est l'aboutissement du processus lancé par la « Déclaration Schuman », le 9 mai 1950. Cette déclaration précise les objectifs de la construction européenne :
– assurer la paix grâce à la fin de « l'opposition séculaire de la France et de l'Allemagne » ;
– affirmer l'indépendance de l'Europe dans la guerre froide entre les États-Unis et l'Union soviétique ;
– faire progresser le rang économique de l'Europe.
Schuman appelle à la mise en commun des productions de charbon et d'acier de la France et de l'Allemagne, au sein d'une Communauté européenne du charbon et de l'acier (CECA, 1951) ouverte aux autres pays d'Europe. Pour lui, la CECA est la première étape vers une fédération européenne. Par la suite, la Communauté économique européenne (CEE, 1957) vise la réalisation d'un marché unique grâce à la libre circulation des marchandises, des services et des capitaux. En même temps, ses adhérents conduisent des politiques économiques communes (ex. : la politique agricole commune, la réduction des inégalités entre les régions).

Le traité de Maastricht indique que tout pays européen qui garantit l'exercice du pouvoir et le respect des droits de l'homme peut devenir membre de l'Union. Le Conseil européen de Copenhague (1993) précise encore les critères d'adhésion : l'économie du pays candidat doit être assez forte pour supporter la concurrence des pays déjà membres de l'Union ; sa population doit manifester son envie d'entrer dans l'Union par un vote parlementaire ou par un référendum ; ses relations avec ses voisins doivent être pacifiques… L'adhésion doit être approuvée par tous les membres et les institutions de l'Union.

Après la signature du traité de Maastricht, l'Union européenne approfondit encore les relations entre les États et les peuples en instaurant une **monnaie unique, l'euro**, une citoyenneté européenne et une politique étrangère et de sécurité commune (PESC). Parallèlement, la construction européenne s'élargit. **On désigne par élargissement le processus par lequel de nouveaux États adhèrent à l'Union européenne**. Depuis 1950, **l'Union s'est élargie à sept reprises passant de six membres à vingt-huit, puis à vingt-sept lorsque le Royaume-Uni s'est retiré le 31 janvier 2020 (Brexit)**. L'élargissement s'est opéré sur une base géographique : les pays de l'Europe du Nord-Ouest dans les années 1970 ; de l'Europe méditerranéenne dans les années 1980 ; de l'Europe de l'Est (anciennement communiste) dans les années 2000.

2.

FINLANDE
SUÈDE
Mer
ESTONIE
Mer
du Nord
LETTONIE
DANEMARK
Baltique
LITUANIE
IRLANDE
PAYS-BAS
Londres
La Haye
POLOGNE
Manche
BELGIQUE
ALLEMAGNE
Bruxelles
LUXEMBOURG
Océan
Luxembourg
RÉP.
TCHÈQUE
Atlantique
SLOVAQUIE
FRANCE
AUTRICHE
HONGRIE
SLOVÉNIE
ROUMANIE
Mer Noire
CROATIE
PORTUGAL
ITALIE
BULGARIE
ESPAGNE
GRÈCE
Mer
MALTE
Méditerranée
CHYPRE
500 km
Capitale
Mégalopole

Sujet 25

La France et l'Union européenne

Exercice : 20 points

Analyser et comprendre des documents

ÉNONCÉ L'Union européenne, un nouveau territoire de référence et d'appartenance

Document 1 La France, carrefour de l'Union européenne

Document 2 L'intégration des régions enclavées

Le massif pyrénéen est l'une des dernières frontières intérieures de l'Europe, rendant difficile les échanges entre le Sud et le Nord de l'Europe d'une part, entre le Nord de l'Espagne et le Sud-Ouest de la France d'autre part. […] Il s'agit de développer une liaison ferroviaire à priorité fret entre le sud-ouest de l'Europe et le reste du continent. […] Au droit des Pyrénées, la ligne ferroviaire passera par un tunnel de basse altitude, appelé Traversée Centrale […].

Actuellement, les deux principaux axes d'échanges, tant voyageurs que fret, entre la péninsule ibérique et le reste de l'Europe, se situent de part et d'autre du massif montagneux, en façades atlantique et méditerranéenne. Les flux liés au transport routier […] connaissent une croissance forte et continue ces 20 dernières années, ce qui a pour conséquence une saturation des axes routiers et ferroviaires existants et de très lourdes nuisances sociales et environnementales.

Ainsi, 20 000 camions franchissent les Pyrénées chaque jour et environ 120 millions de tonnes de marchandises traversent la chaîne chaque année. Les deux passages ferroviaires supportent quant à eux 2,5 millions de tonnes de marchandises par an en stagnation, voire en déclin depuis plusieurs années.

Source : site Internet http://www.eurosud-transport.com/

Questions

1. Repères sur les documents 1 et 2 :
a) Citez un grand fleuve et un massif montagneux de France. **(1 point)**
b) Citez une mer bordière et un pays frontalier de la France membre de l'Union européenne. **(1 point)**
c) Quel domaine climatique recouvre l'Ouest de la France ? **(1 point)**

2. Observez le document 1 :
a) Quel axe du Réseau TransEuropéen de Transport (RTE-T) traverse toute la France ? **(3 points)**
b) Quelles parties de l'Europe met-il en relation ? **(3 points)**
c) Quels projets du RET-T concernent la France ? **(3 points)**

3. Lisez le document 2. Comment la Traversée Centrale des Pyrénées (TCP) prévoit-elle de franchir ce massif ? **(3 points)**

4. Confrontez les documents 1 et 2. Pourquoi la réalisation de la TCP est-elle un aménagement nécessaire ? Justifiez votre réponse en donnant deux arguments. **(5 points)**

CORRIGÉ

Ce qu'il faut savoir avant de commencer

• **La France occupe une position privilégiée en Europe : elle peut être perçue comme un carrefour entre la Méditerranée, l'Atlantique, la Manche et la mer du Nord.** Ainsi, elle est un espace de transit. Tous les équipements et les modes de transport sont combinés pour assurer la desserte du territoire national. L'ensemble des axes et des équipements de transport forme un réseau de transport.
• **Ce réseau est (toujours) centré sur la région Île-de-France et Paris,** héritage de la centralisation monarchique et républicaine, résultat du poids de la région capitale dans l'économie française. Ainsi, la première caractéristique d'un lieu, d'un axe de transport, est son orientation (ou son absence d'orientation) en direction de Paris. Par exemple, les grands trafics en provenance ou à destination de Paris suivent largement la vallée du Rhône dans le Sud-Est. À l'inverse, la vallée de la Garonne est un axe peu fréquenté car elle est perpendiculaire aux grands axes de circulation parisiens de direction nord-sud. Les autres grandes villes – Lille, Lyon et Marseille – sont des pôles secondaires dans ce réseau. Une nouveauté : le réseau français est intégré dans le Réseau Trans-Européen de Transport, qui associe les pays de l'Union européenne.

1. a) *Les grands fleuves qui peuvent être cités sont :* la Seine, la Loire, le Rhône, la Garonne, la Meuse.
Les massifs montagneux qui peuvent être citées sont : les Alpes, les Pyrénées, le Jura, les Vosges, le Massif central.
b) *Peuvent être citées comme mer bordière* : la mer Méditerranée, la mer du Nord. *Les pays frontaliers membres de l'UE sont :* la Belgique, le Luxembourg, l'Allemagne, l'Italie, l'Espagne.
c) Le climat océanique recouvre l'Ouest de la France.

2. a) Un axe de direction Nord-Sud reliant Londres, Lille, Paris, Lyon, Marseille traverse toute la France.
b) Cet axe de gabarit européen met en relation l'Europe du Nord-Ouest et l'Europe méditerranéenne.
c) La France est concernée par deux prolongements de cet axe Nord-Sud, vers l'Espagne (évitement du massif pyrénéen par les façades méditerranéenne et atlantique) et vers l'Italie (franchissement des Alpes).

3. La Traversée Centrale des Pyrénées (TCP) prévoit de percer au droit le massif, par un tunnel ferroviaire de basse altitude.

4. *1er argument :* Le tunnel devrait permettre de diminuer le trafic routier sur les deux principaux axes d'échanges entre la péninsule ibérique et le reste de l'Europe, de part et d'autre des Pyrénées, en façades atlantique et méditerranéenne.
2e argument : Le projet remplirait les exigences du développement durable : vitalisation économique d'une région enclavée et amélioration de la qualité de l'air grâce au ferroutage.

ENSEIGNEMENT MORAL ET CIVIQUE

Sujet 26

La sensibilité : soi et les autres

Exercice : 10 points

ÉNONCÉ Mobiliser les compétences relevant de l'enseignement moral et civique

Document 1 **Faire preuve d'empathie pour les personnes en détresse**

Campagne d'affichage « Sensibiliser au mal logement », fondation Abbé Pierre, 2013.

Document 2 **L'engagement de l'Abbé Pierre**

Mes amis, au secours...

Une femme vient de mourir gelée, cette nuit à 3 heures, sur le trottoir du boulevard Sébastopol, serrant sur elle le papier par lequel, avant-hier, on l'avait expulsée. Chaque nuit, ils sont plus de 2 000 recroquevillés sous le gel, sans toit, sans pain, plus d'un presque nu. Devant l'horreur, les cités d'urgence, ce n'est même plus assez urgent !

Écoutez-moi ! En trois heures, deux premiers centres de dépannage viennent de se créer : l'un sous la tente au pied du Panthéon, rue de la Montagne Sainte Geneviève ; l'autre à Courbevoie. Ils regorgent déjà, il faut en ouvrir partout. Il faut que ce soir même, dans toutes les villes de France, dans chaque quartier de Paris, des pancartes s'accrochent sous une lumière dans la nuit, à la porte de lieux où il y ait couvertures, paille, soupe, et où l'on lise sous ce titre « centre fraternel de dépannage », ces simples mots : « Toi qui souffres, qui que tu sois, entre, dors, mange, reprends espoir, ici on t'aime ».

La météo annonce un mois de gelées terribles. Tant que dure l'hiver, que ces centres subsistent, devant leurs frères mourant de misère, une seule opinion doit exister entre hommes : la volonté de rendre impossible que cela dure. Je vous prie, aimons-nous assez tout de suite pour faire cela. Que tant de douleur nous ait rendu cette chose merveilleuse : l'âme commune de la France. Merci ! Chacun de nous peut venir en aide aux sans-abri. Il nous faut pour ce soir, et au plus tard pour demain : 5 000 couvertures, 300 grandes tentes américaines, 200 poêles catalytiques.

Déposez-les vite à l'hôtel Rochester, 92, rue de la Boétie ! Rendez-vous des volontaires et des camions pour le ramassage, ce soir à 23 heures, devant la tente de la montagne Sainte Geneviève.

Grâce à vous, aucun homme, aucun gosse ne couchera ce soir sur l'asphalte ou sur les quais de Paris.

L'Appel de l'Abbé Pierre du 1er février 1954,
extrait du site Internet : http://www.fondation-abbe-pierre.fr

Questions

1. Observez le document 1 :

a) Décrivez l'affiche. Quelle situation indigne est dénoncée ici ? **(2 points)**

b) Comment comprenez-vous le mot « empathie » employé dans le titre ? **(2 points)**

2. Confrontez les documents 1 et 2 :

a) Comment l'abbé Pierre se manifeste-t-il aux Français en 1954 ? **(2 points)**

b) Quelle aide leur demande-t-il ? **(2 points)**

c) Pourquoi peut-on dire que l'abbé Pierre a fait preuve d'empathie toute sa vie ? **(2 points)**

CORRIGÉ

1. a) La progression du nombre des personnes sans-abri est une manifestation virulente de l'exclusion. L'exclusion est un processus de marginalisation, par lequel une personne est rejetée hors d'un groupe et ne peut plus participer à son fonctionnement. Les sources de l'exclusion sont diverses et peuvent se cumuler : chômage, divorce, perte d'un conjoint…

b) L'empathie est la capacité de se mettre à la place des autres personnes pour ressentir leurs émotions. Ainsi, l'empathie nous aide à mieux comprendre les autres.

2. a) Alors que l'hiver 1954 est particulièrement rigoureux *(« La météo annonce un mois de gelées terribles »)*, l'abbé Pierre lance un appel radiodiffusé en faveur des sans-logis.

b) L'abbé Pierre demande aux Français d'accueillir chez eux ces personnes en détresse (« Il faut que ce soir même, dans toutes les villes de France, dans chaque quartier de Paris, des pancartes s'accrochent sous une lumière dans la nuit, à la porte de lieux où il y ait couvertures, paille, soupe, et où l'on lise sous ce titre « centre fraternel de dépannage »). En même temps, il organise des collectes de vêtements et de nourriture.

c) L'engagement de l'abbé Pierre est marqué par la solidarité avec les plus faibles. Il se manifeste pendant l'hiver 1954, lorsqu'il faut, dans l'urgence, porter secours à ceux qui sont jetés à la rue. Il se prolonge avec « la fondation Abbé Pierre » qui lutte pour que les plus pauvres trouvent à se loger dignement et durablement.

Sujet 27

Le droit et la règle : des principes pour vivre avec les autres

Exercice : 10 points

ÉNONCÉ **Situation pratique : Le droit et la règle. Le règlement intérieur : des principes pour vivre avec les autres**

Document 1 À quoi sert un règlement intérieur ?

« Le règlement intérieur fixe l'ensemble des règles de vie dans l'établissement. Par exemple, il édicte[1] les horaires d'entrée et de sortie et précise les conditions d'exercice de la liberté d'expression des élèves, les conditions d'accès et les usages de l'établissement. [...] Les règles sont rédigées par la direction de l'établissement, en concertation avec les autres membres de la communauté éducative [...]. C'est sur ce document que vous saurez ce qui est interdit ou non. L'interdiction de certains vêtements (casquette, short, etc.) peut être prévue ainsi que les sanctions qui s'y rattachent. C'est aussi dans ce document que sont autorisés ou non le téléphone portable, les baladeurs, les casques... Le principe demeure que ce qui n'est pas interdit par le règlement intérieur est permis, si, bien entendu, cela est aussi permis à l'extérieur. [...] Le règlement intérieur garantit la liberté d'information et d'expression, les principes de laïcité et de pluralisme, le cadre disciplinaire applicable à chaque établissement, l'interdiction de certaines pratiques comme le bizutage, et prévoit les sanctions applicables. »

Source : Centre d'Informations et de Documentation Jeunesse (CIDJ), 2016.

1. Édicte : impose

Document 2 Extrait du règlement intérieur d'un collège

> « Le règlement intérieur met en application :
> – La liberté d'information et d'expression.
> – Le principe de neutralité politique, idéologique et religieuse.
> – Le respect des principes de laïcité et de pluralisme.
> – Le devoir de tolérance et le respect d'autrui.
> – Les garanties de protection contre toute agression physique ou morale et contre toutes discriminations. Il en découle pour chacun le devoir de n'user d'aucune forme de violence.
> – L'égalité des chances et de traitement entre filles et garçons. »

Source : site internet du collège de Rousset (Bouches-du-Rhône).

Questions

1. Relevez deux valeurs de la République auxquelles font référence les deux documents.

2. Nommez un texte qui garantit ces valeurs pour tous les citoyens.

3. Reproduisez sur votre copie le tableau ci-dessous. À partir des deux documents, complétez le tableau en donnant deux interdictions et deux garanties présentes dans un règlement intérieur.

Le règlement intérieur interdit	Le règlement intérieur garantit
....	....

4. Vous accueillez dans votre collège des élèves de CM2. À un écolier qui vous dit que « connaître le règlement intérieur ne sert pas à grand-chose », vous répondez en lui montrant ce qui fait l'intérêt du règlement et la nécessité de bien le connaître. Votre réponse ne comportera aucune information d'identité ou de signature.

CORRIGÉ

1. Deux éléments sont attendus parmi les réponses suivantes :
- la liberté
- la liberté d'expression,
- la liberté d'information,
- la laïcité ou le principe de neutralité politique, idéologique et religieuse
- l'égalité

2. Choisir une réponse parmi les réponses suivantes :
- la Déclaration des droits de l'homme et du citoyen (DDHC) de 1789 ;
- la loi de séparation des Églises et de l'État de 1905 ;
- la loi de 2004 portant sur les signes ou tenues manifestant une appartenance religieuse dans les écoles, collèges et lycées publics ;
- la Déclaration universelle des droits de l'Homme (DUDH) de 1948.

3.

Le règlement intérieur interdit	Le règlement intérieur garantit
« certains vêtements » « certaines pratiques comme le bizutage » « toute agression physique ou morale » « toutes discriminations » « violence »	« la liberté d'expression des élèves » « la liberté d'information et d'expression » « les principes de laïcité ou principe de neutralité politique, idéologique et religieuse » « la tolérance et le respect d'autrui » protection contre toute agression physique ou morale » « protection contre toutes discriminations » « égalité des chances et de traitement entre filles et garçons »

4. Si l'État républicain garantit les droits du citoyen, les devoirs du citoyen sont la contrepartie de ces droits. Il importe donc de montrer à cet élève qui va rentrer en 6e en quoi le respect des règles de vie dans un établissement scolaire n'est pas un conditionnement à l'obéissance aveugle ; c'est, tout au contraire, leur respect qui garantit les droits de chacun. Votre réponse peut aborder plusieurs points. Par exemple :

– L'élaboration du règlement intérieur est démocratique : le règlement est écrit par l'équipe éducative, puis il est soumis pour vote au conseil d'établissement dans lequel siègent des représentants de l'administration, des professeurs, des parents d'élèves et des élèves.

– Si le règlement insiste sur les obligations des élèves, comme la présence à l'école, le respect des locaux et des autres, il garantit aussi l'exercice de droits. Par exemple, l'application du principe de laïcité : d'une part, l'interdiction de tout enseignement et de tout signe religieux ; d'autre part, le respect absolu de la liberté de religion.

– Le règlement intérieur est signé par les élèves et par les parents pour montrer qu'ils ont pris connaissance du texte. Il faut préciser que même non signé, le règlement intérieur est à respecter dans son intégralité par les élèves et par les familles. En effet, il ne s'agit pas d'un contrat mais de la loi : nul ne peut s'y soustraire et nul ne peut prétendre l'ignorer.

Sujet 28

Le droit et la règle : des principes pour vivre avec les autres

Exercice : 10 points

ÉNONCÉ Le respect d'autrui. Appréhender en situation que des valeurs de la République peuvent entrer en tension

Document 1 Cinq célibataires sans enfant payent en 2018 l'impôt sur leurs revenus de 2017*

	Revenus de l'année 2017	Impôt sur le revenu à payer en 2018
Paul Duchemin	9 000 euros	0 euro
Dominique Martin	27 000 euros	2 029 euros
Cristina Viala	40 000 euros	5 093 euros
Sophie Lefranc	90 000 euros	19 515 euros
Ali Abdellatifi	160 000 euros	46 860 euros

*Jusqu'en janvier 2019, les Français payaient chaque année leurs impôts sur les revenus de l'année précédente.

Source : simulation à partir du site www.impot.gouv.fr/.

Document 2 La solidarité nationale

L'engagement de l'État en matière de solidarité remonte essentiellement au lendemain de la crise économique des années 1930 et de la Seconde Guerre mondiale. Il prend la forme de l'État-providence : l'intervention de l'État dans la vie économique et sociale apparaît nécessaire afin de lutter contre la pauvreté et les inégalités et d'assurer la cohésion nationale.

Cette prise de conscience est inscrite dans le préambule de la Constitution française de 1946 (repris par celle de 1958) qui garantit le droit au travail, la protection de la santé, l'accès à l'instruction, la sécurité matérielle. [...] Concrètement, elle est à l'origine de la création de plusieurs institutions de protection sanitaire et sociale, reposant sur des systèmes d'assurance obligatoire organisés par l'État : la sécurité sociale est créée dès 1945 ; c'est également dans les années d'après-guerre qu'est mise en place l'assurance-chômage. La solidarité nationale est notamment financée par l'impôt sur le revenu, qui repose sur une redistribution des richesses, chaque citoyen y contribuant en fonction de ses moyens.

Source : conseil national des politiques de lutte contre la pauvreté et l'exclusion sociale, 19/09/2014.

Questions

Document 1

1. D'après ce document, pour quelle raison les Français ne paient-ils pas tous un même montant pour l'impôt sur le revenu ?

Document 2

2. Recopiez la phrase du texte qui justifie que les Français ne payent pas tous un même montant pour l'impôt sur le revenu.

3. Relevez trois dispositifs pouvant contribuer à lutter contre la pauvreté et les inégalités.

Documents 1 et 2

4. Un de vos amis ne comprend pas pourquoi certains paient des impôts et d'autres moins ou pas du tout. Il trouve cela contraire au principe d'égalité. Vous lui expliquez pourquoi l'impôt sur le revenu est un outil permettant de combattre les inégalités.

CORRIGÉ

1. Le montant de l'impôt sur le revenu est proportionnel aux revenus de chaque citoyen.

2. La phrase du texte est : *« La solidarité nationale est notamment financée par l'impôt sur le revenu, qui repose sur une redistribution des richesses, chaque citoyen y contribuant en fonction de ses moyens ».*

3. Trois dispositifs cités dans le texte illustrent « l'intervention de l'État dans la vie économique et sociale afin de lutter contre la pauvreté et les inégalités » :
– la Sécurité sociale (l'assurance maladie, les aides familiales, l'assurance-retraite) ;
– l'assurance-chômage ;
– l'impôt sur le revenu.
La mise en place de « systèmes d'assurance obligatoire organisés par l'État » fonde un État-providence.

4. *Votre réponse devra reprendre les deux éléments suivants* :
– L'impôt a été inventé pour prélever sur les personnes de quoi financer des dépenses collectives. Ce furent d'abord les fonctions régaliennes exercées par l'État : armée, police, justice. Puis se sont ajoutées d'autres missions de service public, comme l'éducation et la santé. Ces missions reposent sur la valeur républicaine de l'égalité des droits : le droit d'aller à l'école lorsqu'on est un enfant, le droit d'être soigné lorsqu'on est malade…
– L'impôt sert aussi à redistribuer les richesses : il permet de prélever davantage sur les revenus les plus élevés pour redistribuer aux plus faibles. Cette disposition rend l'impôt juste (ou équitable). De plus, l'impôt varie selon la composition des foyers et tout au long de la vie. À revenu égal, un célibataire paie plus d'impôt qu'un couple avec des enfants. Un couple en paiera davantage quand leurs enfants auront quitté le foyer, et beaucoup moins si ses revenus diminuent avec la retraite. Ainsi, une personne peut à la fois contribuer à la solidarité et en bénéficier à d'autres moments de sa vie.

Sujet 29

Le droit et la règle : des principes pour vivre avec les autres

Exercice : 10 points

ÉNONCÉ Construire une culture civique

Document 1 Extrait d'un article de presse, 2017

Quatre supporters anglais ont été jugés coupables de violence à caractère raciste en réunion dans l'espace public et ont été condamnés à de la prison avec sursis mardi en fin d'après-midi. Des peines allant de six à douze mois avec sursis, assorties de dommages et intérêts ont été prononcées. Seuls deux des quatre prévenus étaient présents. En marge du match PSG-Chelsea, ils avaient empêché un homme noir de monter dans la rame du métro dans laquelle ils se trouvaient en 2015, avant d'entonner un chant raciste. […] Les images avaient fait le tour des chaînes d'information et couler beaucoup d'encre.

D'après un article de R. Goument, *Libération*, version numérique (www.liberation.fr), 3/01/ 2017.

Document 2 Page d'accueil du site www.egalitecontreleracisme.fr

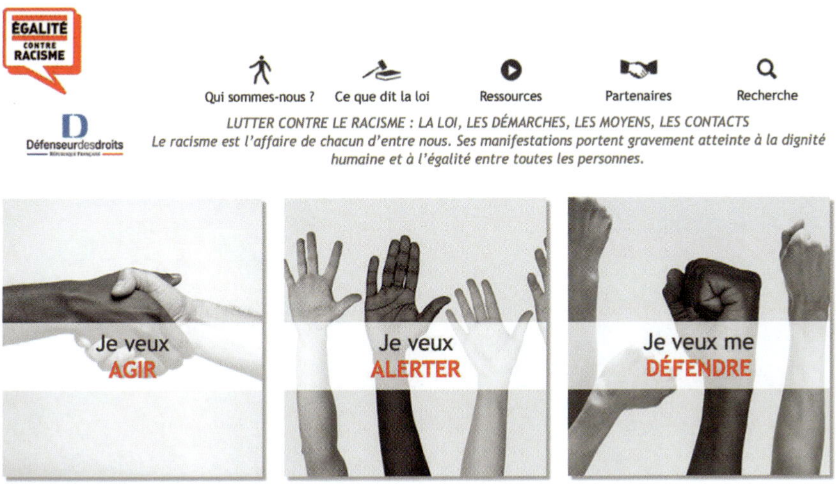

* Le Défenseur des droits est une institution de l'État créée en 2011 ayant pour mission de défendre les personnes dont les droits ne sont pas respectés.

Questions

1. Pourquoi quatre supporters anglais ont-ils été condamnés ? **(document 1)**

2. Relevez les trois types d'actions proposées par le site « egalitecontreleracisme ». **(document 2)**

3. Expliquez pourquoi ce site propose un lien internet vers celui du Défenseur des droits. **(document 2)**

4. Expliquez la phrase soulignée « Le racisme est l'affaire de chacun d'entre nous ». **(document 2)**

5. La semaine d'éducation et d'action contre le racisme et l'antisémitisme est organisée au mois de mars dans votre collège. À cette occasion, vous êtes chargé de rédiger un texte pour convaincre vos camarades de s'engager dans un projet de lutte contre le racisme dans votre établissement. Quels sont vos arguments ? Votre réponse ne comportera aucune information d'identité ou de signature.

CORRIGÉ

1. Ces quatre supporters anglais ont été jugés coupables de violence à caractère raciste en réunion dans l'espace public. Plus précisément, ils avaient empêché un homme noir de monter dans la rame du métro dans laquelle ils se trouvaient, avant d'entonner un chant raciste.

2. Les trois types d'actions proposées par le site « egalitecontreleracisme » correspondent aux trois verbes écrits sur la copie d'écran :
– agir (contre le racisme) ;
– alerter (si on est témoin ou victime d'une injure/discrimination/violence raciste) ;
– se défendre (contre le racisme).

3. Le Défenseur des droits lutte contre les discriminations, et favorise ainsi un égal accès de tous aux droits. Une discrimination est une inégalité de traitement fondée sur un critère interdit par la loi (origine, sexe, âge, état de santé…) et dans un domaine cité par la loi (accès au logement, à l'emploi, aux soins, à l'éducation…). Dans le cas du racisme, une personne peut être privée d'un ou plusieurs de ses droits parce qu'elle est jugée à la fois différente et inférieure à cause de la couleur de sa peau.

4. La lutte contre le racisme est un engagement personnel et collectif. D'où le slogan « Le racisme est l'affaire de chacun d'entre nous ». Si on reprend les trois types d'actions proposées par le site « egalitecontreleracisme » :
– agir si on est d'une injure/discrimination/violence raciste ;
– alerter le Défenseur des droits/la police si on est témoin ou victime d'une injure/discrimination/violence raciste ;
– se défendre si on est victime d'une injure/discrimination/violence raciste.

5. Nous sommes tous différents et les différences sont nombreuses entre nous : différences de sexe, d'origine, d'âge, de religion, de capacités physiques et intellectuelles. La République ne veut pas supprimer les différences entre les personnes. Mais elle reconnaît la même dignité à tous. La dignité est le respect que l'on doit à toutes les personnes. Le respect commande à chacun de traiter les autres comme il voudrait être traité. Bref, de respecter tout le monde, tout simplement parce que nous avons, nous aussi, besoin d'être respectés. Le racisme est exactement le contraire de ce principe puisqu'il infériorise une partie de la population en raison de la couleur de sa peau. C'est pour cela qu'il est combattu par la loi et par l'engagement quotidien des associations antiracistes et des citoyens. Ainsi, la loi nous protège si nous sommes victimes d'une injure, d'une discrimination ou d'une violence à caractère raciste. La loi nous oblige à dénoncer une injure, une discrimination ou une violence raciste si nous en sommes témoin. Et la loi punit les auteurs d'infractions motivées par le racisme.

Sujet 30

Le droit et la règle : des principes pour vivre avec les autres

Exercice : 10 points

ÉNONCÉ **Mobiliser les compétences relevant de l'enseignement moral et civique**

1. Complétez le schéma de l'organisation des pouvoirs sous la Vᵉ République.
– Dans la case « Électeurs », indiquez deux conditions nécessaires pour être électeur en France. **(2 points)**
– Dans la case « Parlement », précisez le rôle de cette institution dans la Vᵉ République. **(2 points)**
– Complétez les deux cases grisées, puis indiquez dans la légende le nom du pouvoir partagé par ces deux institutions. **(2 points)**

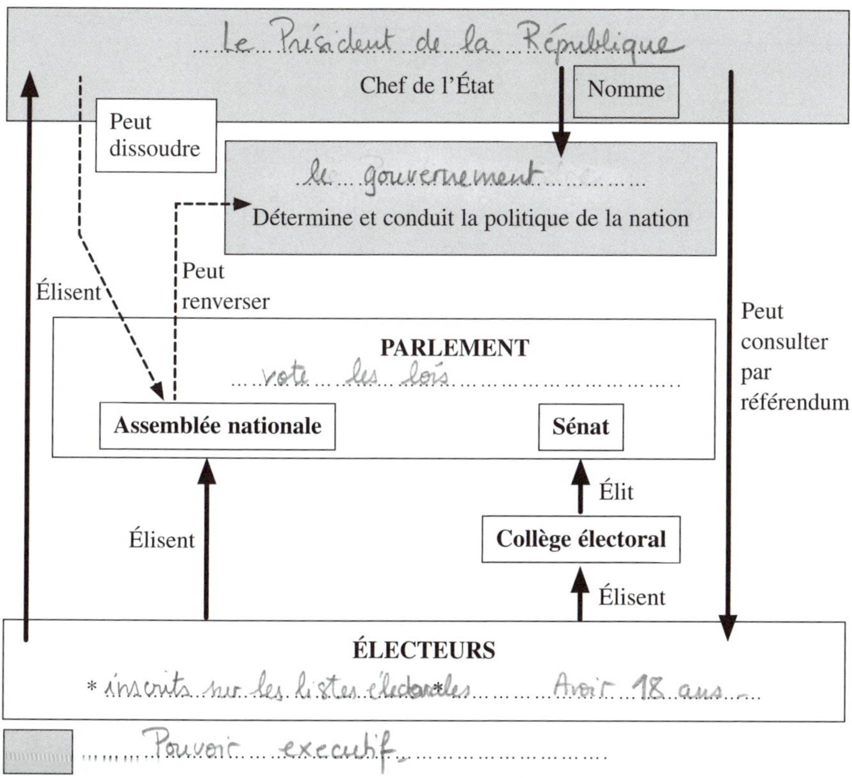

2. Vous êtes chargé de présenter notre régime républicain à un correspondant étranger en vous aidant du schéma complété et de vos connaissances. En quelques lignes, montrez-lui que la République française est une démocratie. **(4 points)**

CORRIGÉ

1.

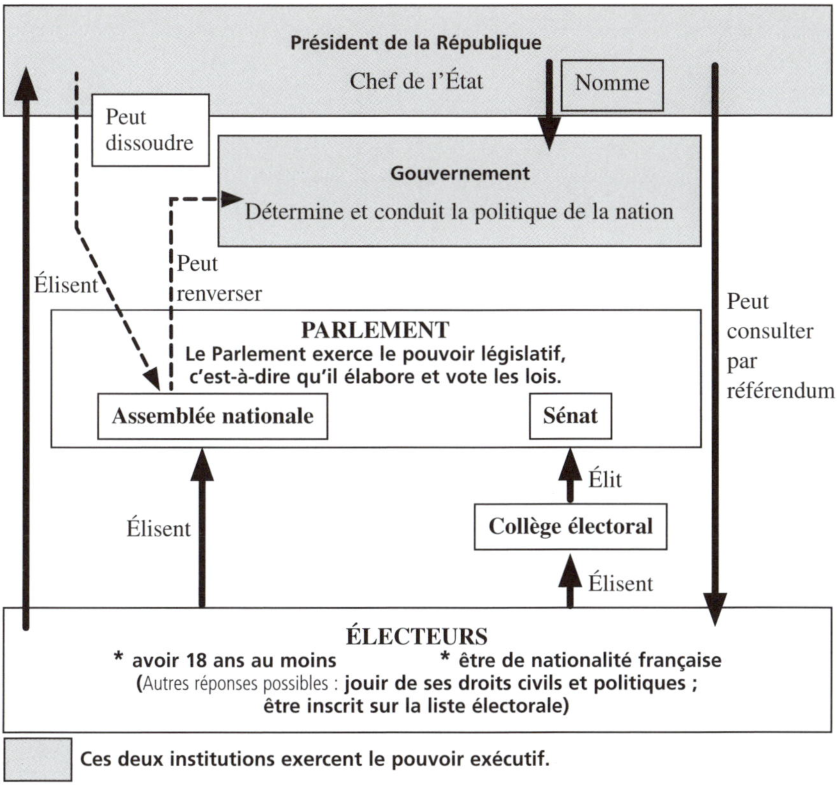

2. Deux éléments de réponse possible parmi d'autres :

– **La République française respecte la règle démocratique de la souveraineté du peuple** (ou des citoyens). Par exemple, elle autorise la consultation directe des citoyens par référendum. Le référendum est un vote sur une question ou un texte, qui ne sera adopté qu'en cas de réponse positive. Ainsi, la Constitution prévoit des référendums nationaux pour soumettre au vote de tous les électeurs un projet de loi, un traité international, une révision constitutionnelle. Elle autorise aussi les référendums locaux pour recueillir l'avis des citoyens d'une collectivité territoriale.

– **La République française respecte la règle démocratique de la séparation des pouvoirs pour éviter les abus de pouvoir.** Par exemple, l'initiative législative appartient concurremment au Gouvernement et au Parlement. Mais le vote des lois est réservé au Parlement.

Sujet 31

Le droit et la règle : des principes pour vivre avec les autres

Exercice : 10 points

ÉNONCÉ **Mobiliser les compétences relevant de l'enseignement moral et civique**

Observez le document page suivante.

1. Qui prend l'initiative d'un projet de loi en France ? **(2 points)**

2. Qui a le pouvoir de voter un projet de loi ? **(2 points)**

3. Quelle institution est chargée de vérifier la conformité de la loi à la Constitution ? **(2 points)**

4. Quand la loi votée devient-elle effective ? **(1 point)**

5. « En France, les lois sont élaborées de manière démocratique ». Justifiez cette affirmation en utilisant deux arguments. **(3 points)**

Document L'élaboration des lois

Dessin de PLANTU pour « L'association des journalistes parlementaires »,

CORRIGÉ

1. Le dessin de Plantu décrit l'élaboration d'un projet de loi, dont l'initiative appartient au gouvernement (ou à l'Exécutif). Mais la Constitution de 1958 indique que l'initiative de la loi appartient concurremment au gouvernement et au Parlement (le Législatif). Le gouvernement élabore des projets de loi et les parlementaires des propositions de loi.

2. Seul le parlement (les chambres de l'Assemblée nationale et du Sénat) a le pouvoir de voter un projet de loi.

3. Le Conseil constitutionnel est chargé de ce travail de vérification.

4. La loi est effective après avoir été promulguée par le président de la République et publiée au *Journal Officiel*.

5. L'élaboration de la loi est démocratique car elle respecte :
– la souveraineté populaire (par exemple, la loi est votée par les représentants des citoyens) ;
– la séparation des pouvoirs (par exemple, l'initiative législative appartient concurremment au gouvernement et au parlement).

Sujet 32

Le jugement : penser par soi-même et avec les autres

Exercice : 10 points

ÉNONCÉ Mobiliser les compétences relevant de l'enseignement moral et civique

Document 1 Affiche 2015 de la commune de Floirac (Gironde)

Boulevard des Potes : Association de lutte contre les discriminations et d'éducation populaire.

Source : Mairie de Floirac, débat sur la laïcité et le vivre ensemble.

Document 2 Extraits de *La Charte de laïcité à l'École* (2013)

Article 3 La laïcité garantit la liberté de conscience à tous. Chacun est libre de croire ou de ne pas croire… / …

Article 4 La laïcité permet l'exercice de la citoyenneté, en conciliant la liberté de chacun avec l'égalité et la fraternité de tous dans le souci de l'intérêt général.

Article 8 La laïcité permet l'exercice de la liberté d'expression des élèves dans la limite du bon fonctionnement de l'École comme du respect des valeurs républicaines et du pluralisme des convictions.

Article 9 La laïcité implique le rejet de toutes les violences et de toutes les discriminations, garantit l'égalité entre les filles et les garçons et repose sur une culture du respect et de la compréhension de l'autre.

Article 13 Nul ne peut se prévaloir de son appartenance religieuse pour refuser de se conformer aux règles applicables dans l'École de la République.

Questions

1. Citez trois valeurs et deux symboles de la République française présents dans les documents. **(2,5 points)**

2. Expliquez les phrases soulignées dans le document 2 pour montrer que la laïcité garantit les libertés à l'École. **(3,5 points)**

3. Vous êtes chargé de présenter la laïcité à l'École à un correspondant étranger en visite dans votre établissement en vous aidant des documents et de vos connaissances. En quelques lignes, comment lui expliquez-vous que la laïcité favorise le « vivre ensemble » à l'École ? **(4 points)**

CORRIGÉ

1. – Trois valeurs républicaines : « Liberté, Égalité, Fraternité ». *Autre réponse possible* : Laïcité.
– Deux symboles de la République française : la figure de Marianne coiffée du bonnet phrygien et le drapeau tricolore.

2. Pour le citoyen, la laïcité signifie la séparation de la citoyenneté et de l'appartenance religieuse augmentée de la garantie de la liberté de conscience.
Depuis la loi de Séparation des Églises et de l'État (1905), l'État ne privilégie aucune religion. En conséquence, il autorise chacun à exprimer ses convictions religieuses « dans la limite du bon fonctionnement de l'École comme du respect des valeurs républicaines et du pluralisme des convictions ».

3. La laïcité fait partie du contrat scolaire depuis les lois de Jules Ferry à la fin du XIXe siècle. Elle signifie : d'une part, l'exclusion de tout enseignement et de tout signe religieux des écoles publiques ; d'autre part, le respect de la liberté de conscience. Depuis la fin des années 1980, la laïcité à l'école a connu de nouveaux développements avec la question du foulard islamique. La loi du 15 mars 2004 interdit aux élèves le port de signes religieux ostensibles dans les écoles, les collèges et les lycées. Cette loi n'empêche pas l'expression religieuse car elle n'est pas dirigée contre la religion en tant que telle, mais contre l'emprise religieuse. La laïcité renforce ainsi la liberté de conscience en protégeant les élèves de tout embrigadement.

Sujet 33

Le jugement : penser par soi-même et avec les autres

Exercice : 10 points

ÉNONCÉ Mobiliser les compétences relevant de l'enseignement moral et civique

Document 1 Lutter contre les discriminations

Document 2 La répartition des réclamations traitées par la Haute Autorité de Lutte contre les Discriminations et pour l'Égalité (HALDE) entre 2005 et 2010

Réclamations enregistrées par critère (en % des cas traités)	2005	2006	2007	2008	2009	2010
Activités syndicales	5	4	2	5	6	5
Âge	5,5	6	6	7	5,5	6
Apparence physique	1	1	1	2	1,5	2
Grossesse	–	–	–	2	2,5	5
Opinions politiques	3	1,5	2	1	1	1
Orientation sexuelle	3	1,5	2	3	2,5	2,5
Origine	38	35	27	29	28,5	27
Religion	2	1	1	2	3	2
Santé	14	19	22	20	18,5	19
Sexe	6	5	6	4	6,5	4,5
Situations de famille	5,5	2	6	3	2,5	2,5
Total des cas traités	**1 410**	**4 058**	**6 222**	**8 705**	**10 545**	**12 467**

Source : rapport 2010 de la HALDE ;
http://halde.defenseurdesdroits.fr/Rapport-annuel-2010,14653.html.

Questions

1. Observez le document 1 :

a) Qu'est-ce qu'une discrimination ? **(2 points)**

b) Complétez le tableau ci-dessous : **(2 points)**

Quel est le critère de discrimination ?	Quelle est l'inégalité de traitement ?
....	....

2. Analysez le document 2 :

a) Quelle est l'évolution du nombre des cas traités par la HALDE ? **(1 point)**

b) Formulez deux hypothèses pour expliquer cette évolution. **(3 points)**

c) Parmi les critères retenus par la HALDE, lequel fait son apparition dans la période 2005-2010 ? **(1 point)**

d) Sur quel critère les réclamations reposent-elles le plus ? **(1 point)**

CORRIGÉ

1. a) Une discrimination est une inégalité de traitement fondée sur un critère interdit par la loi (sexe, âge, état de santé…) et dans un domaine cité par la loi (accès à un service, embauche…).

b)

Quel est le critère de discrimination ?	Quelle est l'inégalité de traitement ?
Critère d'origine	L'accès à l'emploi

2. a) Entre 2005 et 2010, le nombre de cas traités par la HALDE est presque multiplié par 10 (de 1410 cas en 2005 à 12467 cas en 2010).

b) Cette augmentation peut s'expliquer de deux manières : la montée des cas de discrimination dans la société française ; l'augmentation des plaintes déposées auprès de la HALDE par les victimes de discrimination.

c) Le critère de la grossesse fait son apparition en 2008 dans le bilan.

d) L'origine est le critère le plus fréquemment invoqué par les plaignants (entre 27 et 38 % des cas traités par la HALDE).

Sujet 34

L'engagement : agir individuellement et collectivement

Exercice : 10 points

ÉNONCÉ Mobiliser les compétences relevant de l'enseignement moral et civique

Document Les médias retransmettent le débat des candidats à l'élection présidentielle en mai 2012

Source : Le débat de l'entre-deux tours des élections présidentielles : François Hollande et Nicolas Sarkozy, 2 mai 2012, vidéo *streaming* extraite de « mytf1.fr ».

Questions

1. Décrivez le document :

a) Complétez les cartouches ci-dessus sans employer le nom des personnes. **(2 points)**

b) Dans quel lieu a été filmé ce débat ? **(0,5 point)**

c) Que représente le décor de l'arrière-plan ? **(0,5 point)**

2. Relevez dans le document deux médias différents. **(1 point)**

3. Dans notre démocratie, chaque personne a le « droit de penser et de s'exprimer sauf à répondre de l'abus de cette liberté dans les cas déterminés par la loi ». Montrez que le pluralisme des médias est au service de cette liberté. **(6 points)**

CORRIGÉ

1. a) – *Cartouches en haut, en allant de gauche à droite :* temps de parole écoulé (ou contrôle du temps de parole) ; journalistes ; réseaux sociaux (ou liens Internet).
– *Cartouche en bas :* candidats.
b) Ce débat a été filmé sur un plateau de télévision (ou dans un studio de télévision).
c) Le décor représente la façade de l'Élysée, qui est le palais présidentiel.

2. Les deux médias sont la télévision (chaîne TF1) et Internet (réseaux sociaux et lecture en *streaming*).

3. En France, la **liberté d'expression** est affirmée pour la première fois par la Déclaration des droits de l'homme et du citoyen de 1789. Pourtant, c'est au XXe siècle que l'information s'est imposée dans notre vie, avec le développement des médias de masse :
– La **presse écrite** a longtemps été le seul média d'information, permettant à toutes les opinions de s'exprimer. Les premiers journaux remontent à la Révolution française.
– La **radio** s'impose à partir des années 1930. C'est aujourd'hui encore le moyen le plus rapide pour informer en tout lieu la population.
– La **télévision** se développe à partir des années 1960.
– **Internet** est le média le plus récent. Ce réseau informatique mondial propose des services, comme le courrier électronique (e-mail), le Web (les pages des sites), l'échange de fichiers. Internet sert de plus en plus aux communications téléphoniques et à la transmission de vidéos et de sons en direct.
Ainsi, **la grande offre médiatique autorise le débat démocratique** en formant l'opinion des citoyens par la connaissance de l'actualité, la présentation publique d'arguments. **Elle permet aussi le développement de l'esprit critique** grâce à la confrontation des opinions diffusées. Dans le document proposé, les médias (télévision et Internet) font connaître les projets des deux candidats à l'élection présidentielle avant le second tour. Les citoyens voteront donc en connaissance de cause.

Sujet 35

L'engagement : agir individuellement et collectivement

Exercice : 10 points

ÉNONCÉ **Mobiliser les compétences relevant de l'enseignement moral et civique**

– Mais le peuple, c'est qui, c'est quoi ?
– Au sens large, c'est l'ensemble des individus vivant sur le territoire national et soumis aux mêmes lois. C'est le corps vivant de la nation.
– Tout le monde, en somme !
– Sauf que sont exclus du droit de souveraineté les étrangers, les aliénés mentaux, les criminels condamnés et les mineurs. Ils ne peuvent pas voter.
– Alors, moi, à 17 ans et demi, je ne fais pas partie du peuple souverain ?
– Au sens strict du terme, non. Tu fais partie de la population. La population est l'ensemble des gens qui vivent en France, avec ou sans droits politiques […].
– Et les immigrés du Maghreb et d'Afrique, ils ont bien des droits car ce sont des êtres humains à part entière, non ?
– Oui, ils ont tous leurs droits civils et personnels. Par exemple, le droit de se marier, de léguer leurs biens, d'adopter un enfant, de témoigner en justice. Les règles qui protègent le citoyen français contre l'arbitraire, l'immigré en bénéficie aussi : on ne peut pas perquisitionner la nuit à son domicile entre 21 heures et 6 heures du matin. Il a les mêmes droits sociaux qu'un citoyen français. Un travailleur étranger peut participer à l'élection du comité d'entreprise, des caisses de la Sécurité sociale et des conseils des Prud'hommes [...]. Le droit de participer à la vie des institutions, d'être éligible à l'Assemblée ou de rendre la justice « au nom du peuple français », c'est autre chose. Les droits politiques réclament partout certaines conditions d'exercice.

Régis Debray, *La République expliquée à ma fille*, Seuil, 1998.

Questions

1. Avec qui Régis Debray dialogue-t-il ? Quel est le thème de la discussion ? **(2 points)**

2. Pourquoi Régis Debray peut-il dire à son interlocutrice qu'elle fait partie de la « population » et non du « peuple souverain » ? **(2 points)**

3. Complétez les cases ci-après à l'aide du document. Indiquez les trois catégories de droits évoqués par l'auteur, ainsi qu'un exemple illustrant chacun d'eux. **(4,5 points)**

Droits ....
Exemple : ....

Droits ....
Exemple : ....

Droits ....
Exemple : ....

4. D'après le document et vos connaissances, comment nomme-t-on les membres du « peuple souverain » ? **(1,5 point)**

CORRIGÉ

1. Régis Debray dialogue avec sa fille. Ils discutent du lien entre citoyenneté et nationalité.

2. La fille de Régis Debray fait partie de la « population » et non du « peuple souverain » car elle n'est pas majeure (elle n'est pas âgée de 18 ans, mais de 17 ans et demi).

3. **Droits civils et personnels**
Un exemple au choix : se marier ; léguer ses biens ; adopter un enfant ; témoigner en justice ; être protégé contre l'arbitraire.

Droits sociaux
Un exemple au choix : élection du comité d'entreprise ; élection des caisses de Sécurité sociale ; élection du Conseil des prud'hommes.

Droits politiques
Un exemple au choix : voter ; participer à la vie des institutions ; être éligible à l'Assemblée nationale ; élire le Président ; poser sa candidature au Sénat.

4. Les citoyens sont les membres du « peuple souverain ».

Sujet 36

L'engagement : agir individuellement et collectivement

Exercice : 10 points

ÉNONCÉ **Mobiliser les compétences relevant de l'enseignement moral et civique**

Document Militer dans un parti politique

Chaque parti doit s'organiser pour que des militants motivés parcourent les villes et villages, armés d'un pot de colle et d'un lot d'affiches. À l'UMP, Philippe Thirion, ancien conseiller national, colle les affiches à chaque campagne depuis plus de dix ans. [...] Bien que quatre ou cinq colleurs habitués parcourent eux aussi les plus de cinquante communes à couvrir, ainsi que quelques sympathisants qui ont toujours des affiches et un petit pot de colle dans leur voiture, il passe tous les jours environ deux heures à tourner dans la circonscription, après son travail. « Il faut des passionnés pour faire ce travail. Notre force, c'est d'en vouloir », souligne-t-il. [...] À Hazebrouck, Christian Dumoulin, militant au Parti Socialiste, doit lui aussi se battre contre la dégradation de ses affiches. « Souvent, celle que je colle le matin est arrachée le soir », regrette-t-il. « Nous, on s'est donné comme ligne directrice de ne jamais toucher à la propriété de l'autre. » Ce retraité, qui n'en est pas à sa première campagne, fait chaque jour le tour des quinze panneaux officiels dont il a la charge. Parfois, en passant dans des petits villages ou même dans le Pas-de-Calais, il colle ou remplace des affiches. Ce travail, c'est par conviction qu'il le fait. « Ça peut changer votre vie, ça peut changer la mienne. » Le jour de l'élection, s'il est interdit de coller sur un panneau officiel, il est possible d'entretenir une affiche abîmée et de la remplacer. Le travail des colleurs ne prendra donc fin que le dimanche 6 mai.

Source : site Internet http://www.lindicateurdesflandres.fr

Questions

1. Encadrez dans le texte l'expression qui qualifie ceux qui agissent de manière active dans un parti politique. **(1 point)**

2. À l'aide du texte, complétez le tableau ci-dessous : **(2 points)**

Nom des personnes citées dans le texte	Nom du parti politique dont elles sont membres
....	....
....	....

3. Quelle action mènent-ils pour faire connaître leur candidat ? D'après vos connaissances, citez un autre exemple d'action possible. **(2 points)**

4. D'après le texte, à quel moment de la vie politique ces membres de partis sont-ils les plus actifs ? **(1 point)**

5. Vous préparez une campagne pour inciter les jeunes à adhérer aux partis politiques en vous aidant du texte et de vos connaissances. En quelques lignes, expliquez-leur que cet engagement est nécessaire au bon fonctionnement de la démocratie. **(4 points)**

CORRIGÉ

1. L'expression qui qualifie ceux qui agissent dans un parti politique est : « militants motivés ».

2.

Nom des personnes citées dans le texte	Nom du parti politique dont elles sont membres
Philippe Thirion	L'Union pour un Mouvement Populaire (UMP)
Christian Dumoulin	Le Parti Socialiste (PS)

3. Dans ce document, les militants collent des affiches pour faire connaître leur candidat. D'autres types d'action sont possibles : distribution de tracts, activités sur les réseaux sociaux, vente de journal partisan.

4. Les militants sont actifs pendant les périodes de campagnes électorales.

5. Un militant est un adhérent actif d'un parti politique. Ce qui veut dire qu'il accepte de faire bénévolement un travail de terrain et de participer à la vie de son parti. Par exemple, il assiste aux réunions du parti, de manière à débattre de ses orientations, de la stratégie électorale à suivre pour les élections ou lors des grands débats qui agitent l'opinion publique. Le militant fait également connaître aux autres citoyens les positions de son parti afin qu'ils choisissent librement leurs représentants.

Sujet 37

Le droit et la règle : des principes pour vivre avec les autres

Exercice : 10 points

ÉNONCÉ Les grands principes de la Défense nationale

Document La mobilisation des militaires auprès des populations

Au moment où le Nord-Ouest de la France a connu fin mai 2016 des pluies torrentielles et des débordements de nombreux cours d'eau qui ont généré d'importantes perturbations dans les transports, 10 camions de l'armée de terre ont été déployés, le 2 juin, à la demande du préfet du Loiret pour permettre le transport de plusieurs centaines de personnes bloquées sur des axes routiers vers des zones d'hébergement d'urgence communales. Au total, ce sont 250 militaires qui sont mobilisés depuis un peu plus d'une semaine pour lutter contre les intempéries.

Cette mission de soutien est donc l'occasion de faire un bilan de la participation des forces armées du ministère de la Défense à la lutte contre les intempéries et les feux de forêts sur le territoire national et d'en tirer des conclusions, surtout dans le contexte de resserrement budgétaire et d'état d'urgence dans lequel vit la France.

Source : iFRAP (Fondation pour la recherche sur les administrations et les politiques publiques), article publié le 6 juin 2016.

Questions

1. Expliquez quelle est la mission confiée aux forces de l'armée de terre dans le document. **(2 points)**

2. Citez une autre mission confiée aux forces armées sur le territoire national ou à l'extérieur. **(2 points)**

3. Vous avez été choisi(e) pour représenter la France au prochain sommet de l'Union européenne. Vous êtes chargé(e) de réaliser une note pour présenter une mission des militaires français sur le territoire national ou à l'étranger.
Montrez en quelques lignes que l'armée française est au service des valeurs de la République et de l'Union européenne. **(6 points)**

CORRIGÉ

1. Ici, la mission confiée à l'armée de terre est une mission de lutte contre les intempéries. Plus précisément, le secours porté aux personnes victimes de pluies torrentielles et d'inondations dans le département du Loiret en juin 2016. Dix camions et 250 militaires ont été déployés pour transporter plusieurs centaines d'habitants bloqués sur les routes vers des zones d'hébergement d'urgence. Les forces armées disposent, en effet, de matériel, d'hommes et de femmes capables d'intervenir rapidement et sur tous les terrains et qui sont placés au service de la population civile.
Autre réponse possible : la lutte contre les feux de forêt, pour les mêmes raisons que précédemment.

2. Parmi les autres missions confiées aux forces armées sur le territoire national, on peut citer : la présence de patrouilles armées pour la surveillance des gares et des lieux très fréquentés par la population française et les touristes (plan Vigipirate ou opération Sentinelle pour prévenir des attaques terroristes)
Une autre mission confiée aux forces armées à l'extérieur : le rétablissement de la paix dans une région du monde, dans le cadre d'une mission commandée par l'Organisation des Nations unies (ONU), par l'Organisation du traité de l'Atlantique Nord (OTAN), par des accords signés avec le pays concerné. Ou encore, une mission humanitaire pour venir en aide à des populations étrangères.

3. Il faut savoir que la Défense repose sur deux piliers :
– garantir l'indépendance de la France pour préserver la valeur républicaine de la liberté et les principes démocratiques de notre régime
– participer à la sécurité internationale pour mettre en action la valeur républicaine de la fraternité (solidarité)
Une échelle des priorités commande l'engagement de l'armée française :
– d'abord, assurer la sécurité du territoire national et européen, et protéger les ressortissants français et européens où qu'ils se trouvent, en France ou à l'étranger
– ensuite, pacifier avec les alliés de la France le voisinage de l'Europe
– enfin, contribuer à la paix dans le monde en participant aux opérations extérieures (OPEX) ordonnées par le Conseil de sécurité des Nations unies, par l'Union européenne ou par le président de la République. Les OPEX sont destinées à défendre les sociétés attaquées par des puissances étrangères ou par des groupes terroristes. L'armée française a également un rôle humanitaire avec les hôpitaux militaires et l'aide médicale à destination des populations locales.

La mission que vous choisirez devra reprendre ces éléments. Par exemple :
– le secours apporté aux populations civiles victimes d'intempéries est au service de la fraternité (solidarité) ;
– le secours apporté aux populations étrangères victimes d'agressions est au service de la défense de la liberté et des droits de l'homme. Ainsi, depuis 1995, les armées françaises ont été engagées dans plus d'une centaine d'opérations extérieures. À ces opérations, il faut ajouter 5 opérations lancées avant cette date mais toujours en cours : en Israël (depuis 1948), au Liban (1978), au Sinaï (1982), dans le golfe de Guinée (1990) et au Sahara occidental (1991).

Sujet 38

L'engagement : agir individuellement et collectivement

Exercice : 10 points

ÉNONCÉ **Mobiliser les compétences relevant de l'enseignement moral et civique**

Document 1 L'allocution télévisée de François Hollande, 11 janvier 2013

Mesdames, Messieurs,

La France, à la demande du président du Mali et dans le respect de la charte des Nations unies, s'est engagée hier pour appuyer l'armée malienne face à l'agression terroriste qui menace toute l'Afrique de l'Ouest. D'ores et déjà, grâce au courage de nos soldats, un coup d'arrêt a été porté et de lourdes pertes infligées à nos adversaires.

Mais notre mission n'est pas achevée. Je rappelle qu'elle consiste à préparer le déploiement d'une force d'intervention africaine pour permettre au Mali de recouvrer son intégrité territoriale, conformément aux résolutions du Conseil de Sécurité.

J'ai donné, encore aujourd'hui, toutes les instructions pour que les moyens utilisés par la France soient strictement limités par rapport à cet objectif. Par ailleurs, j'ai veillé à renforcer le dispositif militaire français à Bamako[1] pour protéger nos ressortissants […].

Je rappelle que la France, dans cette opération, ne poursuit aucun intérêt particulier autre que la sauvegarde d'un pays ami et n'a pas d'autre but que la lutte contre le terrorisme. C'est pourquoi son action est soutenue par l'ensemble de la communauté internationale et saluée par tous les pays africains […].

Dans les jours qui viennent, notre pays poursuivra son intervention au Mali. J'ai dit qu'elle durerait le temps nécessaire, mais j'ai toute confiance dans l'efficacité de nos forces et dans la réussite de la mission que nous accomplissons au nom de la communauté internationale.

La lutte contre le terrorisme exige aussi de prendre toutes les précautions nécessaires ici en France. J'ai donc demandé au Premier ministre Jean-Marc Ayrault de renforcer le plan Vigipirate pour procéder à la surveillance de nos bâtiments publics et de nos infrastructures de transports. Il fera en sorte que ces instructions puissent être exécutées dans les meilleurs délais.

Source : Extrait de l'allocution télévisée de François Hollande, président de la République française, palais de l'Élysée, mise en ligne sur le site de l'AFP le 12 janvier 2013.

1. Bamako : capitale du Mali.

Document 2 La Défense nationale : des missions et des acteurs variés

« Les missions des forces armées françaises »,
extrait de *Objectif citoyen*, Éditions Glénat, 2003.

Questions

Lisez le document 1 :

1. Citez deux raisons pour lesquelles la France a accepté d'intervenir au Mali. **(2 points)**

2. À quelle organisation internationale le Président français fait-il référence à plusieurs reprises ? Rédigez une phrase de réponse puis soulignez dans le texte deux extraits justifiant votre réponse. **(2 points)**

3. Comment l'armée intervient-elle pour protéger les populations françaises, au Mali et en France ? Relevez plusieurs éléments dans le texte. **(2 points)**

4. D'après le document et vos connaissances, quel rôle du président de la République française est ici mis en avant ? **(1 point)**

5. Confrontez les documents 1 et 2 :
Le Livre blanc indique les trois priorités de la Défense française : « la protection, la dissuasion, l'intervention ». Choisissez-en une et illustrez-la avec un exemple. **(3 points)**

CORRIGÉ

1. L'intervention française au Mali est justifiée ainsi par le Président :
– repousser une agression terroriste qui menace l'intégrité du territoire malien, et par là l'équilibre géopolitique de l'Afrique de l'Ouest ;
– protéger les ressortissants français sur place.

2. Le Président français fait référence plusieurs fois à l'Organisation des Nations unies (ONU). Deux extraits à souligner parmi les suivants : « La France, à la demande du président du Mali et dans le respect de la charte des Nations unies, s'est engagée hier pour appuyer l'armée malienne […] » ; « […] pour permettre au Mali de recouvrer son intégrité territoriale, conformément aux résolutions du Conseil de Sécurité » ; « C'est pourquoi son action est soutenue par l'ensemble de la communauté internationale […] » ; « […] et dans la réussite de la mission que nous accomplissons au nom de la communauté internationale ».

3. L'armée française engage le combat au Mali (« […] un coup d'arrêt a été porté et de lourdes pertes infligées à nos adversaires ») et protège nos ressortissants sur place (« […], j'ai veillé à renforcer le dispositif militaire français à Bamako pour protéger nos ressortissants »). Elle assure la surveillance des bâtiments publics et des infrastructures de transports en France (« […] renforcer le plan Vigipirate pour procéder à la surveillance de nos bâtiments publics et de nos infrastructures de transports »).

4. Le président de la République est le chef des armées.

5. – *Si vous choisissez la protection :* l'exemple de l'assistance aux populations sinistrées lors de catastrophes naturelles/technologiques, ou la protection des ressortissants français de l'étranger, ou la lutte contre les attentats dans le cadre du plan Vigipirate sur le territoire français ;
– *Si vous choisissez la dissuasion :* l'exemple de la possession de l'arme nucléaire depuis les années 1960 ;
– *Si vous choisissez l'intervention :* l'exemple d'une opération de l'armée française à l'étranger sous mandat des Nations unies et/ou de l'OTAN, comme en Afghanistan, Côte d'Ivoire, Libye, Mali, République centrafricaine pour citer les plus récentes.

Sujet 39

France métropolitaine 2021

Histoire-Géographie-EMC

Partie I
ANALYSE ET COMPRÉHENSION DE TEXTES ET DE DOCUMENTS

2 heures — 50 points

Exercice 1 Analyser et comprendre des documents — 20 points

GÉOGRAPHIE

Les espaces de faible densité et leurs atouts

Document 1 Le renouveau des territoires ruraux en France

Les territoires ruraux sont désormais considérés comme « espaces de nature et d'authentique », c'est-à-dire où la nature aurait été préservée de l'artificialisation[1] de la civilisation urbaine. Ce renversement des représentations[2] entraîne en particulier le développement du « tourisme vert » et se traduit par la multiplication des résidences secondaires et des hébergements en gîtes ruraux ou à la ferme, par la création d'infrastructures légères (sentiers de randonnée, écomusées, etc.). La mise en tourisme permet aussi le maintien ou le développement d'autres activités : artisanat, productions agricoles, etc.

Si les territoires situés à proximité des grandes villes ou des villes moyennes bénéficient d'un accès convenable aux services élémentaires, en particulier aux services publics, les territoires les plus isolés souffrent d'un déficit de services de plus en plus préoccupant, notamment lorsque les populations sont âgées et ou en situation de précarité économique et sociale. L'accès aux soins, qui s'exprime à travers l'expression de « désert médical », à l'éducation, à la culture, à l'administration et même aux services du quotidien (alimentation, bureau de poste, etc.) est de plus en plus difficile dans certains territoires peu ou très peu denses situés à l'écart des aires urbaines et des liaisons rapides. Autre enjeu majeur, la « fracture numérique », qui désigne les disparités d'accès aux technologies numériques (Internet, téléphonie mobile, etc.) et aux services qui leur sont associés, renforce l'isolement et donc la fragilité de certains territoires.

Source : Magali Reghezza-Zitt, géographe, *La France dans ses territoires*, 2017.

1. Artificialisation : le fait de transformer l'espace en le rendant moins naturel et plus artificiel.
2. Renversement des représentations : changement d'opinion sur les espaces ruraux.

Document 2 Extrait du guide touristique « Pass'Malin du Haut-Jura »

Haut-Jura

Vous allez aimer

- Les villages de montagne authentiques, les stations familiales et conviviales, les activités nordiques et de pleine nature.
- Les balades dans le Parc naturel régional du Haut-Jura et la découverte de la Maison du Parc à Lajoux.
- Les savoir-faire d'excellence Made in Jura artisanaux et industriels (lunette, jouet, bois,...).
- La Station des Rousses labellisée flocon vert, frontalière avec la Suisse
- Les sites incontournables : Saint-Claude (capitale de la pipe et du diamant), les Hautes-Combes et ses grands espaces, La Haute Vallée de la Saine (site naturel protégé), la cité médiévale de Nozeroy...
- Les caves d'affinage de Comté du Fort des Rousses et les nombreuses fruitières à Comté et Morbier.

Offices de Tourisme du Haut-Jura

Questions

Document 1

1. Relevez deux difficultés que rencontrent les espaces de faible densité en France.

2. Relevez dans le texte un passage qui montre que l'accessibilité est un enjeu majeur pour les espaces de faible densité.

3. En vous appuyant sur le document, expliquez comment l'activité touristique dynamise ces territoires ruraux.

Document 2

4. Quel est l'objectif des auteurs du document ? Justifiez votre réponse.

Documents 1 et 2

5. En vous appuyant sur les documents, montrez que les espaces de faible densité disposent de nombreux atouts qui les rendent aujourd'hui attractifs.

Exercice 2 Maîtriser différents langages pour raisonner et utiliser des repères historiques **20 points**

HISTOIRE

Un monde bipolaire au temps de la guerre froide

Questions

Développement construit (14 points)

Rédigez un développement construit d'une vingtaine de lignes pour montrer comment les deux blocs s'affrontent durant la guerre froide. Vous pouvez prendre appui sur des exemples étudiés en classe.

Comprendre et pratiquer un autre langage ; utiliser des repères historiques (6 points)

1. Indiquez dans chaque cadre l'année où se déroule l'événement. Puis, reliez chaque cadre à l'année correspondante sur la frise.

Quelques temps forts de la deuxième moitié du XXe siècle en France, en Europe et dans le monde

Les traités de Rome (......................)	La chute du mur de Berlin (......................)	L'indépendance de l'Algérie (..................)

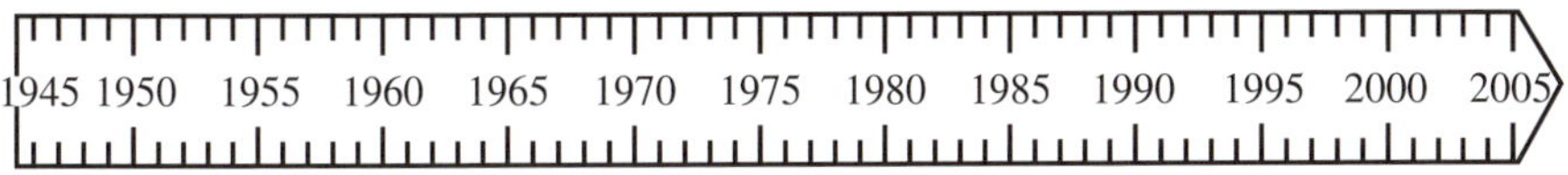

....
....
....

2. Placez sur la frise la guerre froide en indiquant bien la date de début et la date de fin de cette période.

3. Indiquez dans le cadre prévu à cet effet, un événement important de la seconde moitié du XXe siècle étudié en classe. Puis, reliez cet événement à l'année correspondante sur la frise.

Exercice 3 Mobiliser des compétences relevant de l'enseignement moral et civique 10 points

ENSEIGNEMENT MORAL ET CIVIQUE

L'exercice des valeurs et des principes de la République dans la commune

Document 1 Des politiques publiques au quotidien

Le Conseil municipal des enfants a été créé en 1993 par le Conseil municipal de la ville pour l'aider en proposant des idées et des projets qui pourront être réalisés avec l'aide des services compétents de la mairie. Des écoles réparties dans des quartiers de la commune sont choisies afin de participer au Conseil municipal des enfants. Ce sont les enfants des CM2 qui participent à ces conseils. Ils élisent tous les ans les Conseillers municipaux enfants qui les représentent auprès de la commune.

Le Centre communal d'action sociale propose un ensemble de prestations pour remédier aux situations de précarité ou de grande difficulté sociale. Selon les cas, le public y est conseillé, orienté vers les services concernés ou directement pris en charge pour bénéficier immédiatement de ses droits. Pour les personnes âgées, il permet d'accéder aux soins en résidences ou à domicile mais également à un programme de loisirs grâce aux animations qu'il organise. Pour les personnes en situation précaire, il instruit les demandes de RSA[1], se charge de leur accompagnement social.

Source : d'après le site de la ville concernée.

1. Le Revenu de Solidarité Active (RSA) assure aux personnes sans ressources un niveau minimum de revenu qui varie selon la composition du foyer.

Document 2 La Constitution de la Ve République (extrait)

Article premier. La France est une République indivisible, laïque, démocratique et sociale. Elle assure l'égalité devant la loi de tous les citoyens sans distinction d'origine, de race ou de religion. Elle respecte toutes les croyances.

Questions

Document 1

1. Quel est l'objectif de la création du Conseil municipal des enfants ?

2. Citez une action mise en place par le centre communal d'action sociale de la ville.

Documents 1 et 2

3. Expliquez quelle(s) valeur(s) et quel principe de la République les missions du centre communal d'action sociale de la ville permettent de mettre en application. Justifiez votre réponse.

4. Vous êtes membre du Conseil municipal des jeunes de votre commune, choisissez une valeur ou un principe de la République et présentez des actions qui pourraient permettre de les faire vivre dans votre vie quotidienne.

CORRIGÉS

Exercice 1 Analyser et comprendre des documents — 20 points

GÉOGRAPHIE

■ Ce qu'il faut savoir avant de commencer…

• Dans le programme de troisième, « les espaces de faible densité » sont confondus avec « les espaces ruraux et montagnards ». La montagne est la forme de relief définie par une altitude élevée, la pente et une superficie étendue. L'espace rural « relève de la campagne », par opposition à la ville. Il se caractérise par une place importante des surfaces cultivées, les faibles densités humaines, l'habitat discontinu, la prééminence des paysages naturels. Beaucoup d'espaces montagnards partagent ces caractéristiques, en plus des éléments qui les différencient des autres types d'espaces. Sur la carte de France, les espaces de faible densité recouvrent une diagonale traversant le pays du Nord-Est au Sud-Ouest, des Ardennes aux Pyrénées. Auxquels il faut ajouter les montagnes des Alpes, du Jura et de la Corse intérieure et les régions de l'agriculture intensive.

• Les documents envisagent les espaces de faible densité à travers les espaces ruraux et montagnards. Le document 1 traite du « renouveau des territoires ruraux », en insistant sur le tourisme. Le document 2 promeut les atouts touristiques de l'espace montagnard du Haut-Jura.

• La mise en tourisme des espaces ruraux et montagnards entraîne une recomposition démographique, sous l'effet de l'augmentation des personnes résidentes et de la modification de la composition par âges et par activités de la population. Ici, l'activité touristique détermine une politique d'aménagement ciblée sur la valorisation des sites et des activités de plein air, sur la promotion des savoir-faire locaux, sur la transformation de l'habitat ancien en hébergement touristique, etc.

Questions

1. Les espaces de faible densité rencontrent plusieurs difficultés. *Deux éléments de réponse sont attendus parmi les quatre suivants :*
– le déficit de services, en particulier publics (accès aux soins, éducation, culture, administration) ;
– le déficit « de services au quotidien (alimentation, bureau de poste, etc.) » ;
– « [...] la « fracture numérique » ;
– « l'isolement ».

2. Les passages qui montrent que l'accessibilité est un enjeu pour les espaces de faible densité sont :
– « les territoires les plus isolés souffrent d'un déficit de services de plus en plus préoccupant » ;
– « l'accès aux soins, [...], à l'éducation, à la culture, à l'administration et même aux services du quotidien [...] est de plus en plus difficile dans certains territoires [...] situés à l'écart des aires urbaines et des liaisons rapides. »

3. L'activité touristique dynamise les espaces de faible densité car elle entraîne le développement de nouveaux aménagements dédiés à l'accueil des touristes :
– la multiplication des résidences secondaires et des hébergements en gîtes ruraux ou à la ferme ;
– la création d'équipements de loisirs.
De plus, le tourisme permet le maintien ou le développement des activités traditionnelles.

4. Ce guide touristique est édité par les Offices de Tourisme du Haut-Jura. Il a pour objectif de promouvoir et de valoriser le territoire, en mettant en avant ses atouts. C'est une opération de géomarketing. La brochure dresse une longue liste des activités afin d'attirer le maximum de touristes :
– les sportifs (« les activités nordiques et de pleine nature », « la station de ski des Rousses ») ;
– les familles (la découverte de savoir-faire d'excellence et de spécialités culinaires) ;
– les amoureux de la nature (« le parc régional du Haut-Jura », « les grands espaces des Hautes-Combes », « la Haute vallée de la Saine »).
Le guide utilise des photographies et un vocabulaire bien ciblé (« vous allez aimer ») pour susciter l'envie de séjourner dans cette région de montagne.

5. Les espaces de faible densité disposent de nombreux atouts :
– Ce sont des « espaces de nature », en rupture avec les concentrations humaines dans les villes et les pollutions associées à l'entassement. Du coup, on remarque un « renversement des représentations » à leur avantage, contre les villes.

– Ce sont des espaces authentiques, c'est-à-dire qu'ils sont les conservatoires de patrimoines et de savoir-faire qui remontent à loin.
Grâce à ces atouts, à leur valorisation (guide touristique), les espaces de faible densité deviennent attractifs car ils attirent à la fois de nouveaux habitants (résidences secondaires) et des touristes. La mise en tourisme (sports d'hiver, « tourisme vert ») entraîne le développement d'aménagements spécifiques (hébergements en gîtes ruraux ou à la ferme, écomusées, etc.) et le maintien ou la croissance des activités traditionnelles (agriculture, artisanat, industrie).

Exercice 2 Maîtriser différents langages pour raisonner et utiliser des repères historiques ✅ 20 points

HISTOIRE

Développement construit

L'expression « guerre froide » désigne l'affrontement entre les États-Unis et l'Union soviétique entre 1947 et 1991, ces deux superpuissances sorties victorieuses de la Seconde Guerre mondiale. Cet affrontement recouvre plusieurs domaines : idéologique, militaire (par exemple à travers la course aux armements ou les alliances), économique (par exemple à travers le plan Marshall), culturel (à travers le cinéma ou la radio), scientifique (par exemple à travers la conquête spatiale), sportif (par exemple à travers les Jeux olympiques). Le déroulement de la guerre froide est ponctué par des phases de crise et de détente, mais avec une règle toujours respectée : l'arme nucléaire n'est pas employée…
L'exemple de l'Allemagne permet de comprendre les enjeux de la guerre froide en Europe. L'accord impossible entre les États-Unis et l'Union soviétique sur le devenir de l'Allemagne entraîne la première crise majeure – le blocus terrestre de Berlin par les Soviétiques en 1948-1949 – et aboutit à la création de deux États allemands rivaux, la RFA et la RDA, séparés par le « rideau de fer ». La construction du mur de Berlin en 1961 matérialise encore plus cette division. La chute du Mur en 1989 a une double signification : d'une part la fin de la guerre froide à la suite de l'effondrement du bloc communiste en Europe, d'autre part la véritable conclusion de la Seconde Guerre mondiale par la reconnaissance de la pleine souveraineté de l'Allemagne réunifiée.
Les exemples de la guerre de Corée (1950-1953) et de la crise de Cuba (1962) permettent de placer la guerre froide à l'échelle mondiale. À chaque fois, on retrouve l'impossible conflit nucléaire et la prudence des chefs soviétiques et américains en la matière.

Comprendre et pratiquer un autre langage ; utiliser des repères historiques

1. et 2.

Les traités de Rome (1957)	La chute du mur de Berlin (1989)	L'indépendance de l'Algérie (1962)

La guerre froide : 1947-1991

3. *La réponse est libre à condition de relier l'événement choisi à l'année correspondante sur la frise.*

Exercice 3 Mobiliser des compétences relevant de l'enseignement moral et civique ✓ 10 points

ENSEIGNEMENT MORAL ET CIVIQUE

Questions

1. Le Conseil municipal des enfants est créé pour aider le Conseil municipal en « proposant des idées et des projets qui pourront être réalisés avec l'aide des services compétents de la mairie. »

2. *Plusieurs éléments de réponse sont possibles :*
– Aider les personnes âgées à accéder aux soins en résidences ou à domicile ;
– Organiser des animations de loisirs à l'intention des personnes âgées ;
– Accompagner les personnes en situation précaire en les informant sur le RSA ;
– Instruire les dossiers de prise en charge des personnes en situation difficile.

3. – Si on retient la valeur de fraternité, en relation avec le principe social : l'action du centre communal d'action sociale auprès des populations les plus vulnérables (les « personnes âgées ») et les personnes en détresse matérielle (les « personnes en situation précaire »).

– Si on choisit la valeur d'égalité, en relation avec le principe démocratique : même si les enfants ne jouissent pas de leurs droits politiques, leurs idées sont soumises aux votes du Conseil municipal pour les rendre effectives. Autrement dit, les personnes mineures ne sont pas exclues de l'élaboration des politiques publiques.
– On peut dire aussi que l'association des enfants aux actions des communes concrétise la valeur de liberté, c'est-à-dire la liberté de former une opinion et de la faire partager aux autres (liberté de pensée et d'expression).

4. *Ici, la rédaction est libre. On peut proposer quelques pistes de réflexion :*
– l'exercice du droit de vote (valeurs de liberté et d'égalité, principe démocratique) ;
– l'élection des membres du Conseil municipal qui sont élus par les citoyens de la commune (liberté, principe démocratique) ;
– les actions sociales proposées par les mairies (fraternité, principe social)…

Sujet 40

Pondichéry 2021

Histoire-Géographie-EMC

Partie I

ANALYSE ET COMPRÉHENSION DE TEXTES ET DE DOCUMENT

2 heures 50 points

Exercice 1 Analyser et comprendre des documents 20 points

GÉOGRAPHIE

Dynamiques territoriales de la France contemporaine

Document Tourisme : la montagne tire son épingle du jeu

« On voit que la montagne en été est de plus en plus fréquentée », se réjouit la directrice de l'Office de tourisme de Vars. Les deux épisodes de canicule qui ont frappé la France et la Provence ont peut-être aidé les vacanciers à choisir les Alpes et son climat plus supportable comme destination, plutôt que la côte. […]

Vars a notamment profité du passage du Tour de France le 25 juillet en plein cœur de station pour faire de bons chiffres. […] « Dès juin, nous avons proposé des événements cyclotourisme. Mais aussi en juillet le *Mountain Trail*, une course d'orientation... », se souvient la directrice de l'Office de tourisme [de Vars]. Aux Orres […] la station a continué à miser sur le VTT, grâce à son *bike park* parmi les plus réputés de France. « 50 % de nos visiteurs viennent pour le VTT », se réjouissait début août la responsable de l'Office de tourisme. La station [d'Embrun] a notamment accueilli une épreuve de compétition internationale ou encore le *Commencal weekend*, en présence d'Anne-Caroline Chausson, multiple championne du monde de VTT. [La] montagne, qui n'est plus réduite à l'unique ski, se renouvelle constamment et, chaque année, de nouvelles activités estivales voient le jour. […]

En 2018, un *escape game* a vu le jour dans le Pays des Écrins […] : « C'est une activité tendance, dans un lieu qui a été très fréquenté cet été. Les gens sont à la recherche d'une connexion avec l'environnement ». Ce lien était aussi au cœur du festival Zen Agritude, organisé fin août dans le Dévoluy, qui a attiré les vacanciers en demande de véritables expériences montagne. […] Le Dévoluy en a profité pour remplir ses hébergements à hauteur de 50 % tout l'été. […] Les professionnels du tourisme notent une réelle demande de produits locaux chez les vacanciers en quête d'authenticité lors d'un séjour à la montagne. « Nous avons accueilli beaucoup de touristes cet été […] ça s'annonce plutôt bien, nous pensons être en hausse par rapport à l'année dernière », se réjouit la directrice de la coopérative. Même tendance pour le responsable de Banzai Rafting, spécialisée sur les sorties en eau vive sur la Durance.

« C'était une très bonne saison avec de la clientèle ». […]

De nombreux touristes ont privilégié la montagne, où les nuits sont plus fraîches, et la moindre flaque d'eau était courtisée. […] De son côté, le plan d'eau d'Embrun […] bénéficie d'une longévité saisonnière remarquable. En cette fin août, ce lac est plein. Il a été imaginé en 1960 par le maire d'Embrun, […] et son conseil municipal. « Les prestataires se sont adaptés à la baisse du niveau du lac et, de son côté, le syndicat mixte a aménagé plusieurs sites en installant des bouées, des balises de fond pour permettre aux bateaux des touristes et des prestataires de demeurer proches des berges. 30 000 € ont été investis », précise le maire de Savines-le-Lac.

Source : Article de *La Provence,* « Tourisme : la montagne tire son épingle du jeu », 03/09/2019 *https://www.laprovence.com/article/sorties-loisirs/5656777/tourisme-la-montagnetire-son-epingle-du-jeu.html*

Questions

1. Nommez et localisez le type d'espace dont il est question dans le document.

2. Relevez, dans le document, trois activités touristiques qui justifient la phrase soulignée.

3. Identifiez plusieurs atouts qui rendent la montagne attractive l'été.

4. Choisissez un acteur du développement touristique évoqué dans le document et décrivez son action.

5. La montagne, l'été, est devenue un espace productif dont le rayonnement est important. Justifiez cette affirmation en vous appuyant sur le texte et sur vos connaissances.

Exercice 2 Maîtriser différents langages pour raisonner et utiliser des repères historiques 20 points

HISTOIRE

L'Europe, un théâtre majeur des guerres totales (1914-1945)

Questions

Développement construit (13 points)

En vous appuyant sur vos connaissances et sur des exemples étudiés en classe, rédigez un développement construit d'une vingtaine de lignes qui décrit et explique les violences du front lors de la Première Guerre mondiale.

Comprendre et pratiquer un autre langage ; utiliser des repères (7 points)

Sur la frise proposée, répondez aux questions posées.

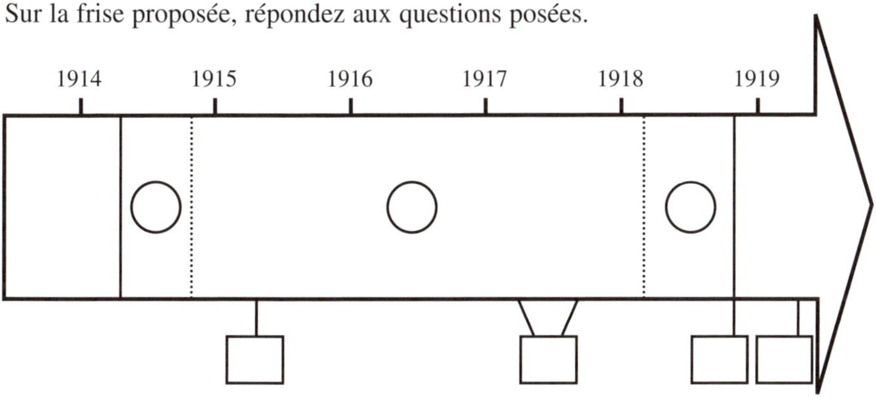

1. Indiquez dans les cases situées sous la frise, la lettre correspondant aux événements suivants :
A – Début du génocide arménien
B – Armistice de la Première Guerre mondiale
C – Traité de Versailles
D – Révolutions russes

2. Indiquez dans les pastilles situées à l'intérieur de la frise, les numéros correspondants aux différentes phases de la Première Guerre mondiale :
1 – Guerre de mouvement
2 – Guerre de position

3. Citez et datez une bataille de la guerre de position.

Exercice 3 Mobiliser des compétences relevant de l'enseignement moral et civique ✅ 10 points

ENSEIGNEMENT MORAL ET CIVIQUE

Acquérir et partager les valeurs de la République

Document 1 Proportion de femmes élues lors de différentes élections en France

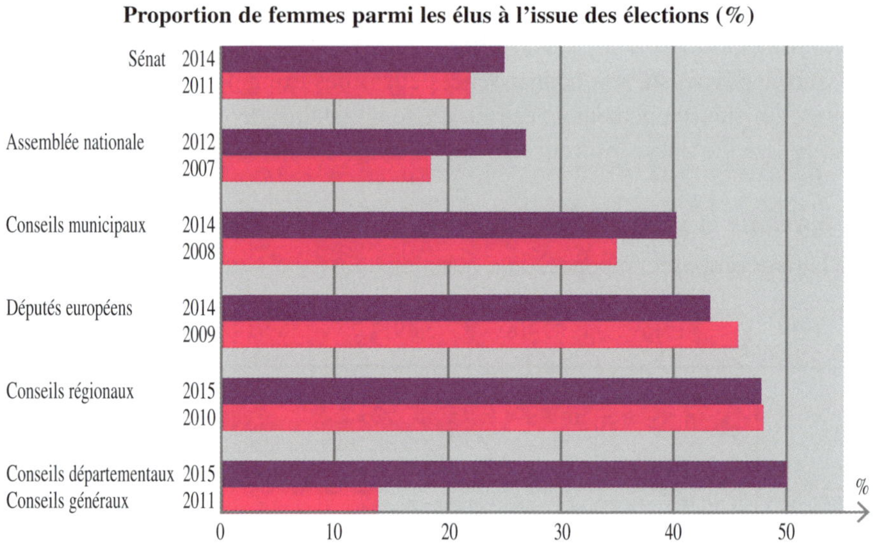

Source : http://ses.ens-lyon.fr/ressources/stats-a-la-une/la-representation-politique-des-femmes-en-france

Document 2 Les élues en Bourgogne-Franche-Comté en 2019

La Bourgogne-Franche-Comté compte 660 femmes parmi les 3 700 maires.

La parité[1] est loin d'être atteinte à la tête des conseils municipaux, dans la région comme au niveau national. En Bourgogne-Franche-Comté, 18 % des maires sont des femmes, à peine plus qu'en 2008 (17 %).

La féminisation est plus forte parmi les premiers adjoints (27 %), parmi les seconds adjoints (33 %) et surtout parmi les autres conseillers municipaux (38 %).

La plupart des femmes maires dirigent une petite commune : neuf sur dix administrent une commune de moins de 1 000 habitants, celles-ci ne représentant que sept communes régionales sur dix.

Par ailleurs, la région compte un peu plus de femmes à la tête des municipalités qu'en France entière, 18 % contre 17 %, grâce aux petites communes. La féminisation parmi les maires est en effet plus avancée dans les communes de moins de 1 000 habitants (20 %) que dans les communes plus grandes (15 %).

Parmi les vingt plus grandes villes de Bourgogne-Franche-Comté, quatre sont dirigées par des femmes : Sens, Montbéliard, Montceau-les-Mines et Audincourt.

Source : https://insee.fr/fr/statistiques/3735169

1. Parité : égale représentation des hommes et des femmes en politique.

Questions

Document 1

1. Comment évolue la proportion de femmes élues dans les conseils municipaux entre 2008 et 2014 ? Justifiez votre réponse à l'aide d'un chiffre significatif.

Document 2

2. Quelles fonctions les femmes élues occupent-elles le plus ?

Documents 1 et 2

3. Relevez une proportion justifiant la phrase soulignée. Selon vous, comment peut-on expliquer cette situation ?

4. À l'aide des éléments précédents, pensez-vous qu'il y a des progrès dans la parité hommes-femmes en France ? Justifiez votre réponse.

CORRIGÉS

Exercice 1 Analyser et comprendre des documents 20 points

GÉOGRAPHIE

■ Ce qu'il faut savoir avant de commencer…

• En France, la « montagne » est associée aux espaces de faible densité. L'expression désigne une bande de départements traversant le pays du Nord-Est au Sud-Ouest, des Ardennes aux Pyrénées, auxquels il faut ajouter les montagnes des Alpes, du Jura et de la Corse intérieure et les régions de l'agriculture intensive. On lit souvent que ces territoires sont moins peuplés et moins dynamiques que le reste du pays.

• Dès les années 1970, cependant, des géographes nuancent le discours alarmiste sur les faibles densités. Les Alpes françaises, citées dans le document, sont une des premières destinations touristiques d'Europe, particulièrement pour le tourisme d'hiver. Ici, les contraintes naturelles que sont la pente et la neige ont été transformées en atouts pour la pratique du ski. Au-delà du confortement de l'activité neige, malgré le réchauffement climatique, les Alpes disposent d'autres atouts à exploiter auprès des clientèles touristiques, nationales et internationales, à la recherche d'expériences fortes et d'authenticité. Ces atouts peuvent satisfaire une demande à l'année et des tendances amplifiées par la crise sanitaire de la Covid-19 : rupture avec le quotidien urbain, activités de pleine nature et sportives, besoin de calme et d'espace, etc.

Questions

1. Le document évoque la montagne, plus précisément les Alpes en France, c'est-à-dire un espace de faible densité. Et, en même temps, un espace productif à dominante touristique.

2. Les activités touristiques citées dans le texte sont :
– le VTT (« Aux Orres [...] la station a continué à miser sur le VTT, grâce à son *bike park* parmi les plus réputés de France. ») ;
– le cyclotourisme (« Dès juin, nous avons proposé des événements cyclotourisme. ») ;
– la course d'orientation (« Mais aussi en juillet le *Mountain Trail*, une course d'orientation... ») ;
– l'*escape game* (« En 2018, un *escape game* a vu le jour dans le Pays des Écrins ») ;
– le rafting (« Même tendance pour le responsable de Banzai Rafting, spécialisée sur les sorties en eau vive sur la Durance. »).

3. Les atouts de la montagne l'été sont :
– un climat plus frais dans le contexte de réchauffement climatique (« Les deux épisodes de canicule qui ont frappé la France et la Provence ont peut-être aidé les vacanciers à choisir les Alpes et son climat plus supportable comme destination, plutôt que la côte ») ;
– la présence de points d'eau (« De nombreux touristes ont privilégié la montagne, [...], et la moindre flaque d'eau était courtisée. ») ;
– l'accueil d'événements populaires (comme le Tour de France dans la station de Vars et le festival Zen Agritude dans le Dévoluy).

4. *Plusieurs éléments de réponse sont possibles :*
– l'organisation d'événements sportifs par l'Office de tourisme de la commune de Vars (« “Dès juin, nous avons proposé des événements cyclotourisme. Mais aussi en juillet le *Mountain Trail*, une course d'orientation...”, se souvient la directrice de l'Office de tourisme [de Vars] ») ;
– l'aménagement du plan d'eau d'Embrun par une collectivité locale (« En cette fin août, ce lac est plein. Il a été imaginé en 1960 par le maire d'Embrun, [...] et son conseil municipal »).
– le développement de pratiques sportives par des professionnels du secteur privé (« Même tendance pour le responsable de Banzai Rafting, spécialisée sur les sorties en eau vive sur la Durance »).

5. La montagne alpine est un espace productif à dominante de services : il s'agit d'un espace mis en valeur et aménagé pour l'activité touristique toute l'année. Elle a un rayonnement important car elle attire des touristes « en demande de véritables expériences montagne ». Les flux touristiques viennent de la France mais également de l'étranger.

Exercice 2 Maîtriser différents langages pour raisonner et utiliser des repères historiques 20 points

HISTOIRE

Développement construit

Plus de 70 millions d'hommes sont mobilisés sur tous les fronts au cours de la Première Guerre mondiale (1914-1918).

– Après l'échec de la guerre de mouvement à l'Ouest, les armées françaises et allemandes s'enterrent dans des tranchées, qui forment bientôt un labyrinthe boueux sur 700 kilomètres de longueur, entre la mer du Nord et la Suisse. Le système de la tranchée gagne par la suite tous les fronts : dans les Alpes, les Balkans, le Caucase et à l'Est. Les intempéries et l'entassement des soldats accélèrent le pullulement des rats et de la vermine. Les tranchées ennemies sont à portée de vue, mais pour les atteindre il faut escalader des barbelés et courir entre les mines et les cratères creusés par les obus…

– Car la guerre de tranchées — ou guerre de position — généralise l'emploi d'armes de destruction massive. L'artillerie est la principale source de blessures et de mort. La dispersion des projectiles est étudiée pour permettre aux éclats métalliques de ne pas perdre trop rapidement leur vitesse et leur force après l'explosion. Ces débris lancés à haute vitesse sont capables d'arracher n'importe quelle partie du corps humain. Jamais les hommes revenus vivants d'une guerre n'ont été aussi abîmés. Du coup, les « gueules cassées » effraient les civils lorsqu'ils sortent des hôpitaux militaires.

– Les soldats, dans l'ensemble, « tiennent bon ». Ce sont surtout des paysans et des ouvriers, endurcis par le travail aux champs et à l'usine. L'école leur a appris à aimer leur patrie et à se sacrifier pour elle. Mais le consentement à la guerre s'effrite avec le temps. En 1917, des mutineries éclatent à l'Ouest car on apprend que les soldats russes désertent et que la révolution bolchevique promet la sortie de la guerre. Les généraux redoutent la désobéissance et des soldats sont fusillés pour l'exemple.

– La Grande Guerre fait 10 millions de morts. Soit un mobilisé sur six en France et en Allemagne. L'ampleur des pertes s'explique par la durée de la guerre et des batailles, par la puissance de feu mise en action. On peut aussi différencier les morts selon leur âge ; ce sont surtout des hommes jeunes (60 % ont entre 20 et 30 ans et 15 % moins de 20 ans) ; selon leur grade : les officiers sont plus touchés que les hommes de troupe ; selon leur origine sociale : les paysans sont les premières victimes, devant les ouvriers et les employés. Aux morts, il faut ajouter deux fois plus de blessés.

Comprendre et pratiquer un autre langage

1. et 2.

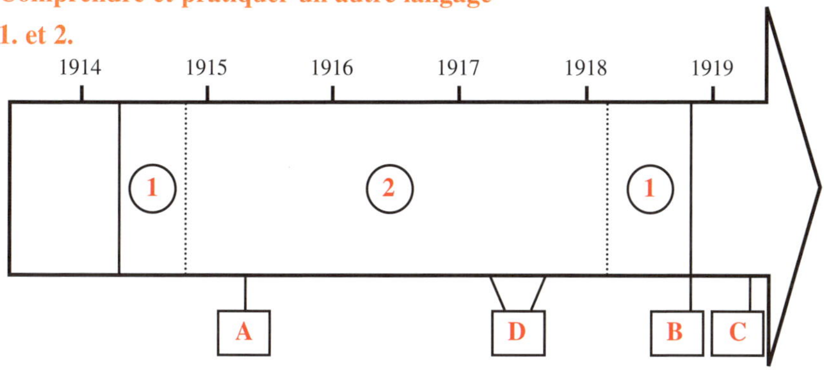

Cases :
A : Début du génocide arménien
D : Révolutions russes
B : Armistice de la Première Guerre mondiale
C : Traité de Versailles
Pastilles :
1 : Guerre de mouvement
2 : Guerre de position

3. La bataille de Verdun en 1916.

Exercice 3 Mobiliser des compétences relevant de l'enseignement moral et civique ✅ 10 points

ENSEIGNEMENT MORAL ET CIVIQUE

Questions

1. La proportion de femmes élues dans les conseils municipaux augmente, passant de 35 % en 2008 à 40 % en 2014.

2. En Bourgogne-Franche-Comté, la féminisation est la plus forte parmi les conseillers municipaux : les premiers adjoints (27 %), les seconds adjoints (33 %) et surtout parmi les autres conseillers municipaux (38 %).

3. « La plupart des femmes maires dirigent une petite commune ».

Deux justifications possibles :

– « Neuf [femmes] sur dix administrent une commune de moins de 1 000 habitants. » ;

– « La féminisation parmi les maires est [...] plus avancée dans les communes de moins de 1 000 habitants (20 %) que dans les communes plus grandes (15 %) ».

Les candidats aux élections municipales (maires, adjoints) sont choisis par les partis politiques. La prééminence des femmes maires dans les communes de moins de 1 000 habitants serait la preuve de la misogynie des partis qui réserveraient leurs candidats masculins aux communes les plus peuplées.

4. *La réponse mérite d'être nuancée :*

Oui, il y a des progrès dans la parité hommes-femmes. Ainsi, la proportion des femmes élues progresse dans toutes les élections (sauf chez les députés européens). **Mais** la parité n'est réalisée que dans les conseils départementaux. Dans les autres élections, les progrès de la féminisation sont à géométrie variable : les assemblées locales sont plus féminisées que les assemblées nationales législatives (Assemblée nationale et Sénat) dans lesquelles les lois – c'est-à-dire les règles qui s'appliquent à tous et partout – sont élaborées et votées. De plus, une fois élues, les femmes occupent très souvent des fonctions secondaires, d'adjointes ou de conseillères municipales, et sont peu souvent maires.

Sujet 41

Amérique du Nord 2021

Histoire-Géographie-EMC

Partie I
ANALYSE ET COMPRÉHENSION DE TEXTES ET DE DOCUMENT

2 heures 50 points

Exercice 1 Analyser et comprendre des documents 20 points

GÉOGRAPHIE

Les espaces productifs français

Document 1 Autun en Saône-et-Loire : un espace productif marqué par des évolutions

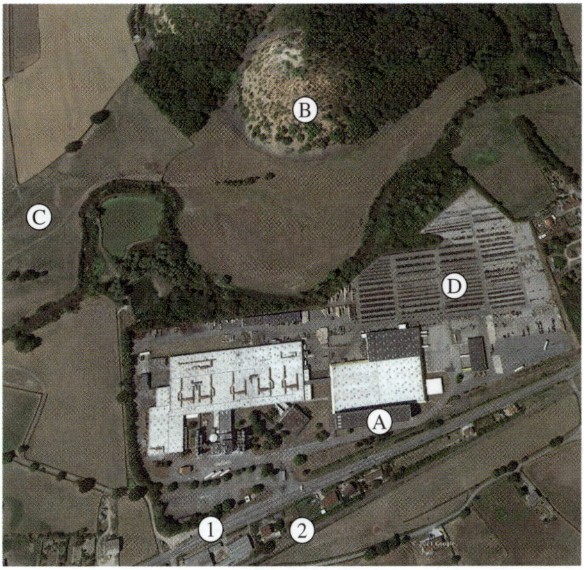

Source : *Google Map*, 2021.

Légende :

- (A) : usine Nexans
- (B) : terril, vestige d'une ancienne mine de charbon
- (C) : terres agricoles
- (D) : zone de stockage
- (1) : route
- (2) : voie ferrée

Document 2 L'usine Nexans d'Autun lance un câble électrique innovant

La société Nexans, experte dans le câblage électrique propose aux professionnels du bâtiment un nouveau câble révolutionnaire. Un câble produit exclusivement à l'usine Nexans d'Autun et destiné au marché européen.

Depuis le mois de mai 2013, les électriciens peuvent passer à la couleur. En effet, le leader français du câble électrique, la société Nexans, leur propose un nouveau produit avec un code couleur simple. Une innovation qui a reçu le prix de l'innovation du BTP[1]. La société Nexans a eu l'idée de marquer le câble noir traditionnel avec une couleur correspondant à la section des fils composant le câble. [...]

L'objectif est de faciliter le travail des électriciens du bâtiment. Cette innovation devrait permettre à la multinationale française de rester leader sur le marché face à des concurrents tels que les Espagnols ou les Italiens.

Source : Article en ligne publié par Pauline Ringenbach le 13/09/2013, extrait du site Internet de France 3 Bourgogne-Franche-Comté.

1. BTP : Bâtiment Travaux Publics.

Questions

Document 1

1. Identifiez les aménagements et expliquez en quoi ils sont nécessaires au fonctionnement de l'usine Nexans. **(6 points)**

2. Par quelles activités économiques cet espace est-il valorisé aujourd'hui ? **(3 points)**

3. Montrez que l'activité de cet espace a évolué dans le temps. **(3 points)**

Document 2

4. Quelle est la production de l'usine Nexans d'Autun ? **(2 points)**

Documents 1 et 2

5. Après avoir rappelé la notion d'« espace productif », expliquez ce qui fait de l'usine Nexans d'Autun un espace productif dynamique et majeur du territoire. **(6 points)**

Exercice 2 Maîtriser différents langages pour raisonner et utiliser des repères historiques ✓ 20 points

HISTOIRE

Civils et militaires dans la Première Guerre mondiale

Questions

Développement construit (14 points)

Sous la forme d'un développement construit d'une vingtaine de lignes, décrivez et expliquez les souffrances subies par les populations civiles, victimes de violences pendant la Première Guerre mondiale.

Se repérer dans le temps (6 points)

Complétez la frise en répondant aux questions.

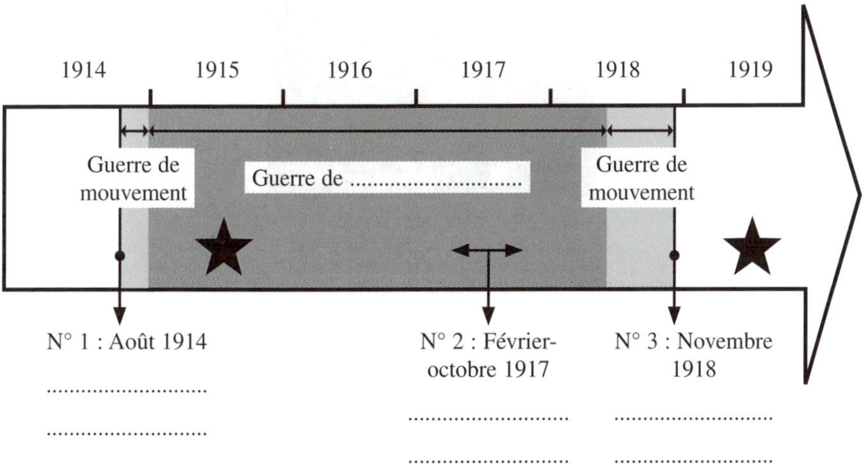

1. Nommez les événements qui correspondent aux dates numérotées 1, 2 et 3.

2. Nommez la phase centrale de la Première Guerre mondiale en complétant les pointillés situés dans la frise.

3. Indiquez à quelle année correspondent les événements suivants, représentés par une étoile sur la frise :

– Début du génocide des Arméniens : .... ;

– Traité de Versailles : ....

Exercice 3 Mobiliser des compétences relevant de l'enseignement moral et civique ✓ 10 points

ENSEIGNEMENT MORAL ET CIVIQUE

À quoi sert la loi dans une démocratie ?

Document 1 Campagne contre le mal-logement de la Fondation Abbé Pierre

Source : site Internet de la Fondation Abbé Pierre, 2015 (consulté le 2 octobre 2019).

Document 2 Le gouvernement déclare la guerre aux marchands de sommeil

Pilier 3 : Lutter contre les marchands de sommeil

MINISTÈRE DE LA COHÉSION DES TERRITOIRES ET DES RELATIONS AVEC LES COLLECTIVITÉS TERRITORIALES

QU'EST-CE QU'UN MARCHAND DE SOMMEIL ?

Ce sont des marchands de misère, des propriétaires qui abusent de leurs locataires en louant (très chers et en connaissance de cause) des logements indignes.

CE QUI VA CHANGER AVEC LA LOI ELAN ?

Le Gouvernement a déclaré la guerre aux marchands de sommeil. La loi ELAN prévoit ainsi l'instauration des mêmes sanctions financières que pour les trafiquants de drogue. Elle prévoit :

- la présomption de revenus tirés des activités frauduleuses, pour les taper au portefeuille même quand ils ont organisé leur insolvabilité ;
- la confiscation systématique de leurs biens et des indemnités d'expropriation ;
- l'impossibilité d'acquérir de nouveaux biens pendant 10 ans, au lieu de 5 ans auparavant, notamment aux enchères. ;
- l'obligation pour les syndics et les agences de les dénoncer.

Source : infographie de la loi ELAN promulguée le 27 novembre 2018, extrait du site www.cohesion-territoires.gouv.fr

Questions

Document 1

1. À quelle principale difficulté sont confrontées les personnes évoquées dans cette campagne de la Fondation Abbé Pierre ?

2. Quels objectifs sont poursuivis par la campagne publicitaire de cette fondation ?

Document 2

3. Quelles pratiques la loi ELAN condamne-t-elle ?

Documents 1 et 2

4. Montrez que cette loi met en œuvre la fraternité, l'une des valeurs républicaines.

5. À partir de cet exemple, expliquez à un camarade à quoi sert la loi dans une démocratie.

CORRIGÉS

Exercice 1 Analyser et comprendre des documents 20 points

GÉOGRAPHIE

Ce qu'il faut savoir avant de commencer...

Comment résumer les transformations de l'espace productif français depuis cinquante ans ?

• Les différences interrégionales sont moins fortes aujourd'hui : si l'écart entre l'Île-de-France et le reste du territoire persiste, l'opposition entre un « Nord-Est » industriel et urbain et un « Ouest » plus agricole et rural s'est réduite sous l'effet de la décentralisation industrielle, de la désindustrialisation du Nord-Est et de l'essor des métropoles de l'Ouest et du Midi. En revanche, les inégalités locales se creusent entre les territoires capables de s'adapter à une compétition économique mondialisée et ceux qui en sont incapables...

• L'instauration du marché unique dans l'Union européenne et le processus de mondialisation ont provoqué un élargissement de la concurrence. Notre système productif a réagi en se recentrant sur les activités innovantes. Ce choix d'une « économie de la connaissance » favorise des territoires précis :

– Les métropoles bénéficient de la présence d'une main-d'œuvre qualifiée (ingénieurs et cadres supérieurs) et de la connexion aux réseaux de transports et de communication.

– Les technopôles (Paris-Sud, Sophia-Antipolis dans les Alpes-Maritimes, le « croissant aéronautique et aérospatial » à Toulouse...) rapprochent volontairement, sous l'impulsion de l'État et des collectivités locales, des entreprises spécialisées dans les industries de pointe et des établissements de recherche et de formation.

– D'autres types de territoires innovants (cluster, pôle de compétitivité) visent à valoriser des savoir-faire locaux : plasturgie d'Oyonnax, « Cosmetic Valley » dans le Centre-Val de Loire, etc.

• Des territoires souffrent de l'ouverture à la concurrence. Les crises de l'industrie minière, de la sidérurgie et du textile ont entraîné un fort recul de l'emploi industriel dans le Nord-Est. Les espaces de l'Ouest qui ont bénéficié de la décentralisation industrielle sont toujours en difficulté : l'emploi, peu qualifié, a mal résisté dans les industries électriques et électroniques ou dans les grandes usines de montage automobile, par exemple.

Questions

1. La route (1) et la voie ferrée (2) raccordent l'usine Nexans au territoire national, et au-delà. Une zone de stockage (D) pour les livraisons de matières premières et/ou les produits fabriqués dans l'usine. Les terres agricoles (C) ne font pas partie de l'usine, mais elles constituent une réserve d'espace en cas d'agrandissement.

2. Deux activités économiques valorisent cet espace aujourd'hui :
– l'agriculture (repère C) ;
– l'industrie (repère A).

3. Le repère B indique « terril, vestige d'une ancienne mine de charbon ». Cet élément de la légende pour nous dire que cet espace a supporté une activité d'extraction minière dans le passé (probablement dès le XIXe siècle, le siècle de l'industrialisation en Europe de l'Ouest).

4. L'usine Nexans d'Autun est spécialisée dans le câblage électrique pour le Bâtiment Travaux Publics (BTP).

5. Un espace productif est un espace aménagé pour une activité économique. Deux éléments caractérisent le dynamisme de l'usine Nexans d'Autun :
– l'innovation, en relation avec « l'économie de la connaissance » (« La société Nexans, experte dans le câblage électrique, propose aux professionnels du bâtiment un nouveau câble révolutionnaire. […] Une innovation qui a reçu le prix de l'innovation du BTP. ») ;
– l'inscription de la production dans un marché de dimension nationale et européenne (le raccordement aux axes de transport, la mention des concurrents espagnols ou italiens).

Exercice 2 Maîtriser différents langages pour raisonner et utiliser des repères historiques ✅ 20 points

HISTOIRE

Développement construit

1. La Première Guerre mondiale (1914-1918) est une guerre terrestre, maritime et pour la première fois aérienne. La guerre est totale avec la mobilisation de toutes les forces vives en Europe, mondiale avec le recours aux empires coloniaux et l'entrée en guerre de pays extra-européens (comme les États-Unis en 1917). Si les populations civiles – les « non militaires » – ne sont pas au cœur même des combats, elles souffrent aussi de la violence de guerre :

– L'invasion est un moment de grande vulnérabilité pour elles. Sur le front Ouest par exemple, les soldats allemands pénètrent en Belgique et en France en 1914, avec la certitude de devoir affronter une opposition armée des civils. Du coup, les Allemands n'hésitent pas à fusiller les civils au moindre signe de résistance et à détruire des immeubles dans les villes occupées.
– Les bombardements d'artillerie à longue distance et les attaques aériennes effacent la différence entre le front et l'arrière. Les canons allemands qui bombardent Paris en 1918 font plus de 200 morts, par exemple.
– La guerre rend également possible le premier génocide du XXe siècle. Dans l'Empire ottoman, allié de l'Allemagne, le parti Jeune Turc organise, à partir de 1915, les déportations et massacres de la minorité arménienne. Le génocide est défini comme un crime planifié et exécuté par un État en vue de la destruction d'une population pour des raisons raciales, religieuses, idéologiques. Dans ce cas, les civils ne sont pas des victimes indirectes des combats mais les cibles directes des armées.
– Aux souffrances physiques du temps de guerre s'ajoutent les souffrances affectives. La guerre sépare les couples mais également les familles, les amis et les collègues au travail. L'angoisse de la mort – en moyenne, 900 jeunes Français meurent chaque jour sur les champs de bataille ! – est partagée par tous les civils. La mort des soldats provoque aussi une inversion de l'ordre des générations : les enfants meurent avant leurs parents. La disparition des jeunes est encore plus insupportable dans des sociétés européennes marquées par la baisse de la natalité et par l'allongement de l'espérance de vie.

Se repérer dans le temps

1. et **2.**

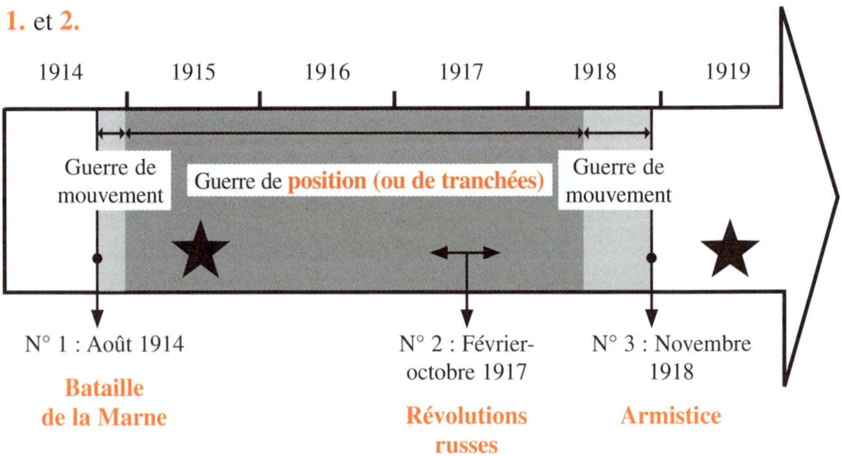

3. Début du génocide des Arméniens : 1915
Traité de Versailles : 1919

Exercice 3 Mobiliser des compétences relevant de l'enseignement moral et civique ✅ 10 points

ENSEIGNEMENT MORAL ET CIVIQUE

Questions

1. La difficulté pointée par la Fondation Abbé Pierre est le « mal logement ».

2. *Plusieurs éléments de réponse sont attendus :*
– l'information du public sur la question du « mal logement » ;
– la dénonciation des « marchands de sommeil », c'est-à-dire des propriétaires qui abusent de leur(s) locataire(s) en louant très cher un logement indigne, les mettant ainsi directement en danger (insalubrité, entassement des personnes, fragilité du bâti, etc.) ;
– la pression exercée sur la puissance publique (le Parlement, l'État, les collectivités locales) pour agir vite.

3. La loi ELAN dénonce les pratiques des « marchands de sommeil », c'est-à-dire des propriétaires « qui louent très chers et en connaissance de cause des logements indignes ».

4. La fraternité consiste à aider ceux qui sont en détresse, à donner plus à ceux qui ont moins. Elle est le contraire de l'égoïsme. La loi ELAN met en œuvre cette valeur républicaine puisqu'elle veut protéger les locataires pauvres des « marchands de sommeil » qui abusent de leur détresse matérielle.

5. Dans une démocratie, la loi est à la fois la source de toutes les obligations pour les citoyens, mais aussi la grande protectrice de leurs droits. La loi ELAN correspond à cette double fonction de la loi :
– La loi ELAN interdit à des propriétaires de louer des logements indignes. C'est-à-dire des lieux loués à des fins d'habitation alors qu'ils ne sont pas prévus pour cela ou qui exposent leurs occupants à des risques pour leur santé (intoxication au monoxyde de carbone, électrocution, etc.). L'habitat indigne inclut également les logements présentant un risque d'effondrement. Autrement dit, la loi ELAN réduit la liberté pour un propriétaire de louer un de ses biens sous le prétexte que l'occupation de ce bien mettrait en danger ses occupants.
– Mais dans la mesure où la loi commande, où elle nous impose des obligations, parfois limite l'exercice de nos libertés, n'est-elle pas insupportable ? La loi paraît à beaucoup de citoyens comme l'ennemi de leur liberté. Mais si la loi ELAN réduit le droit de propriété (dans le sens où elle interdit à un

propriétaire de disposer de son bien comme il l'entend), c'est pour protéger les locataires pauvres des « marchands de sommeil ». Autrement dit, la loi ELAN protège le faible contre le fort. Et ce faisant, elle est juste puisqu'elle concrétise la valeur républicaine de la fraternité.

ANNEXES

REPÈRES CHRONOLOGIQUES

À la fin de la scolarité obligatoire, l'élève doit connaître et savoir utiliser les repères historiques suivants (les repères étudiés à l'école primaire figurent en italiques) :

- IIIe millénaire av. J.-C. : les premières civilisations
- VIIIe siècle av. J.-C : Homère, fondation de Rome, début de l'écriture de la Bible
- Ve siècle av. J.-C. : Périclès
- *52 av. J.-C. : Jules César et Vercingétorix, Alésia*
- Ier siècle : début du christianisme
- Ier et IIe siècles : la « paix romaine »
- 622 : l'Hégire
- *800 : couronnement de Charlemagne*
- Xe-XIIe siècle : l'âge des églises romanes
- 1096-1099 : première croisade
- XIIe-XVe siècle : l'âge des églises gothiques
- *1492 : premier voyage de Christophe Colomb*
- XVe-XVIe siècle : la Renaissance
- *1598 : l'édit de Nantes*
- *1661-1715 : Louis XIV, Versailles*
- milieu du XVIIIe siècle : l'*Encyclopédie*
- 1789-1799 : la Révolution française : *14 juillet 1789 : prise de la Bastille ; août 1789 : Déclaration des droits de l'homme et du citoyen ; septembre 1792 : proclamation de la République*
- 1799-1815 : le Consulat et l'Empire ; *1804 : Napoléon Ier empereur des Français*
- 1815 : le congrès de Vienne
- 1815-1848 : monarchie constitutionnelle en France
- 1848-1852 : la Seconde République ; *1848 : établissement du suffrage universel masculin, abolition de l'esclavage*
- 1852-1870 : le Second Empire (Napoléon III)
- 1870-1940 : la Troisième République
- *1882 : Jules Ferry et l'école gratuite, laïque et obligatoire*
- 1894-1906 : Affaire Dreyfus

- *1905 : loi de séparation des Églises et de l'État*
- 1914-1918 : Première Guerre mondiale ; *1916 : Verdun ; 11 novembre 1918 : armistice de la Grande guerre*
- 1917 : la révolution russe
- 1924-1953 : Staline au pouvoir
- 1933-1945 : Hitler au pouvoir
- 1936 : victoire électorale et lois sociales du Front populaire
- 1939-1945 : Seconde Guerre mondiale ; 8 mai 1945 : fin de la Seconde Guerre mondiale en Europe ; août 1945 : Hiroshima et Nagasaki
- *18 juin 1940 : appel du général de Gaulle*
- 1940-1944 : régime de Vichy
- 1944-1945 : libération de la France, rétablissement de la république (la IVe), *droit de vote des femmes,* Sécurité sociale
- 1961-1989 : le mur de Berlin
- 1947-1962 : principale phase de la décolonisation
- 1957 : les traités de Rome
- 1958-1969 : les années de Gaulle ; *1958 : fondation de la Ve République*
- 1981-1995 : les années Mitterrand
- 1992 : le traité de Maastricht
- 1995-2007 : les années Chirac
- *2002 : l'euro monnaie européenne*

REPÈRES SPATIAUX

À la fin de la scolarité obligatoire, l'élève doit être capable de localiser et situer les repères suivants (les repères étudiés à l'école primaire figurent en italiques) :

- les continents et les océans, les grands fleuves, *les grands traits du relief* (principales chaînes de montagnes et grandes plaines) *et les principales zones climatiques de la planète* ;
- *les principaux foyers de peuplement et les espaces faiblement peuplés de la planète* ; les cinq États les plus peuplés du monde ;
- les dix métropoles mondiales les plus peuplées et les pays où elles se situent ;
- trois pays parmi les plus pauvres du monde, trois grands pays émergents, les trois principaux pôles de puissance mondiaux ;
- deux grandes aires de départ et deux grandes aires d'arrivée des migrants dans le monde ;
- deux espaces touristiques majeurs dans le monde ;
- les mégalopoles (Nord-Est des États-Unis, Japon, Europe) ;
- le territoire de la France (métropolitain et ultramarin) ;
- les principaux espaces de la francophonie ;
- *les montagnes, les grands fleuves, les domaines bioclimatiques et les façades maritimes du territoire national* ;
- les dix premières aires urbaines du territoire français (*les principales villes*) ;
- *les Régions françaises* ;
- *les États de l'Union européenne* et leurs capitales ;
- les villes où siègent les institutions de l'Union européenne ;
- les dix principales métropoles européennes.

La répartition de la population en France

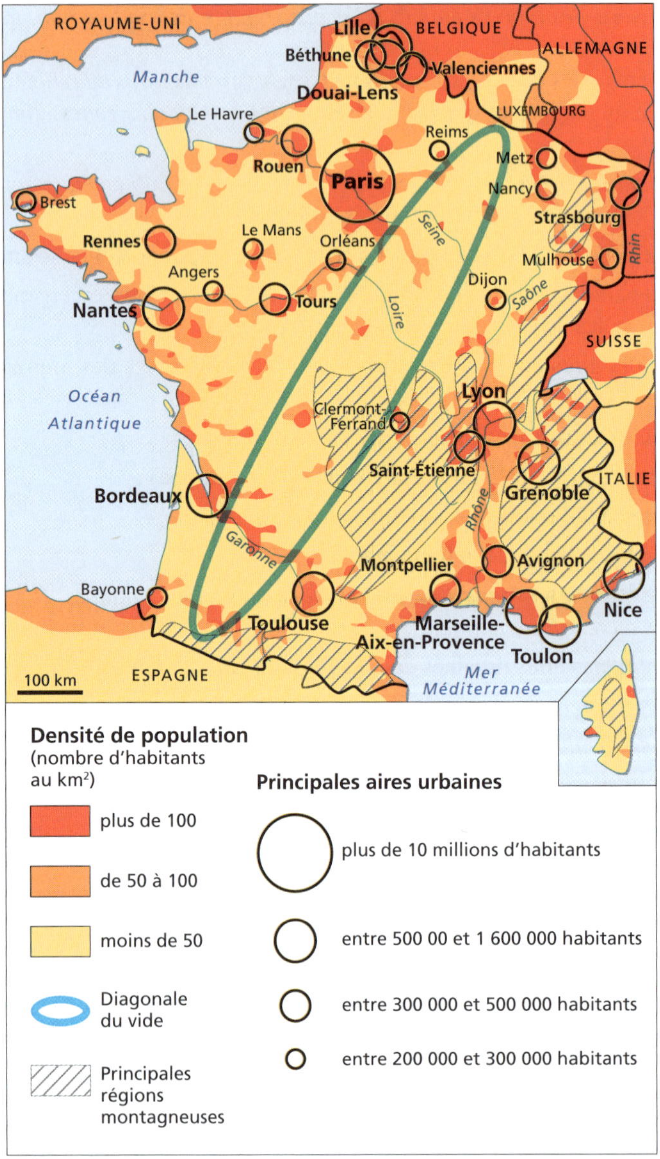

La France industrielle

Héritage en 1945

Vieilles régions industrielles

- fondées sur les ressources énergétiques et minières
- fondées sur les facteurs humains et la localisation géographique (carrefours, ports)
- régions d'industries diffuses en milieu rural

Évolution de 1945 à 1973

- importance des grands axes de circulation
- littoralisation des industries lourdes
- déconcentration et décentralisation de la région parisienne

Évolution depuis 1973

- implantation de capitaux étrangers
- technopôle
- désindustrialisation des vieilles régions manufacturières
- région industrielle du Nord-Est en perte de vitesse
- régions et pôles industriels dynamiques en France
- pôles de compétitivité (16 d'envergure mondiale)

La France agricole

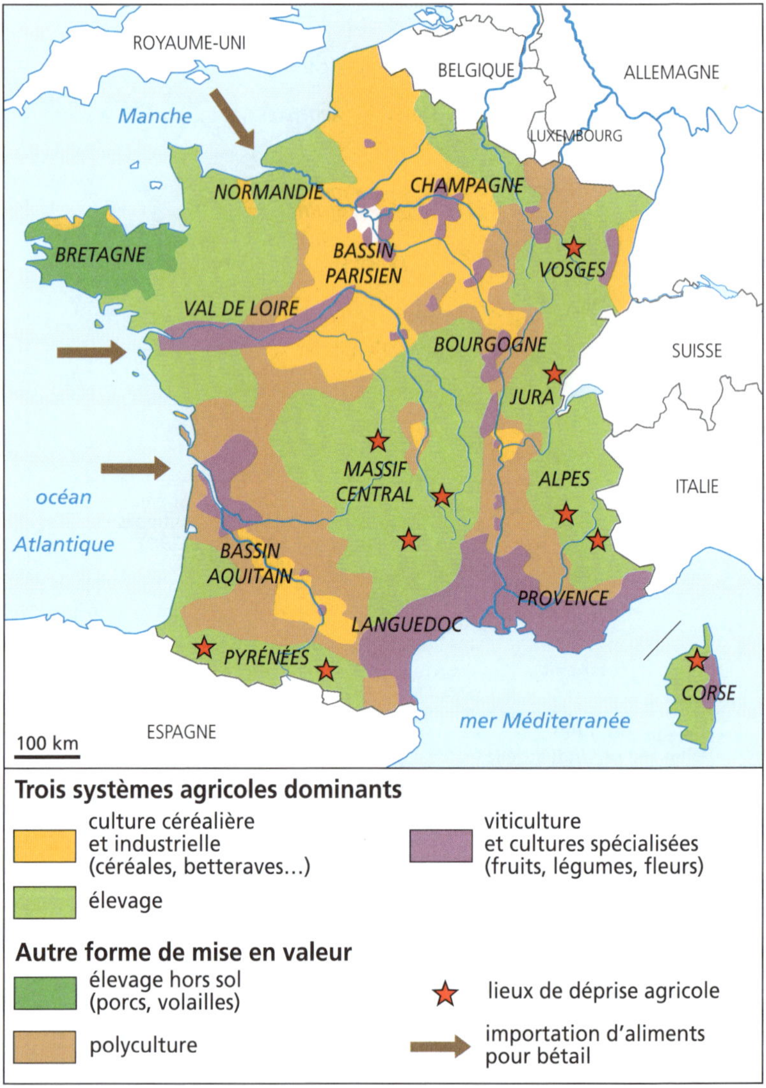

L'aménagement du territoire français

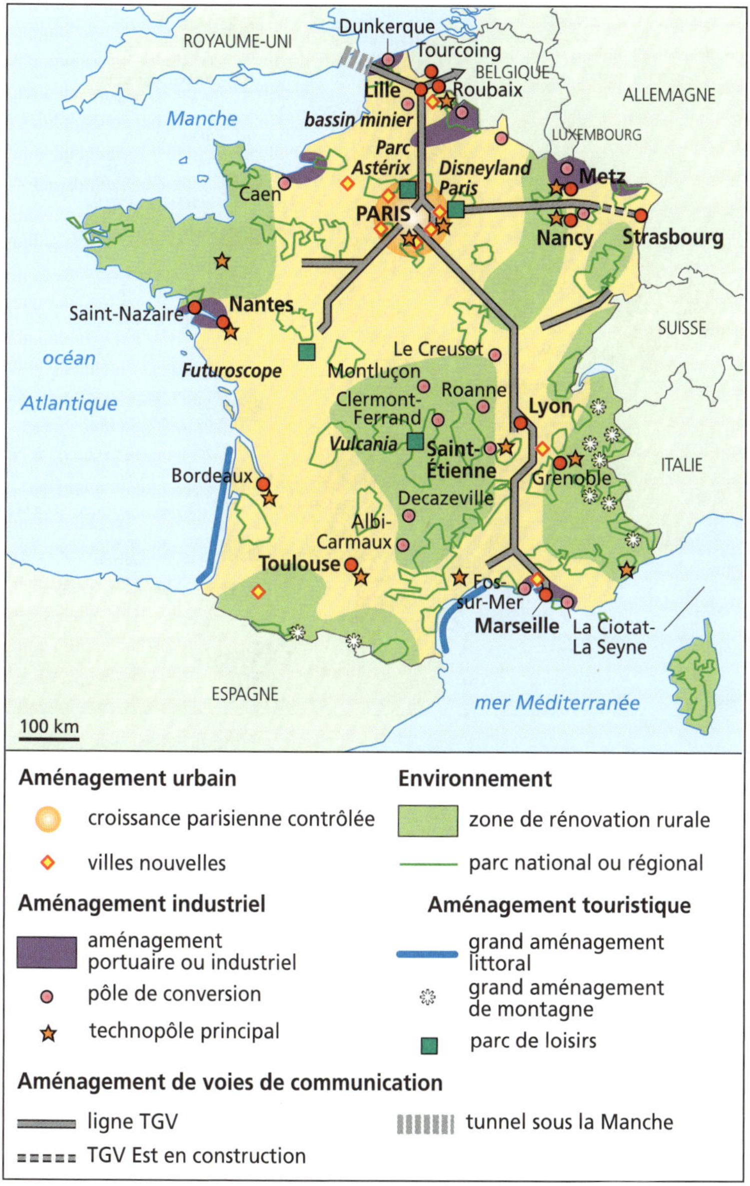

L'Union européenne, un espace politique en construction

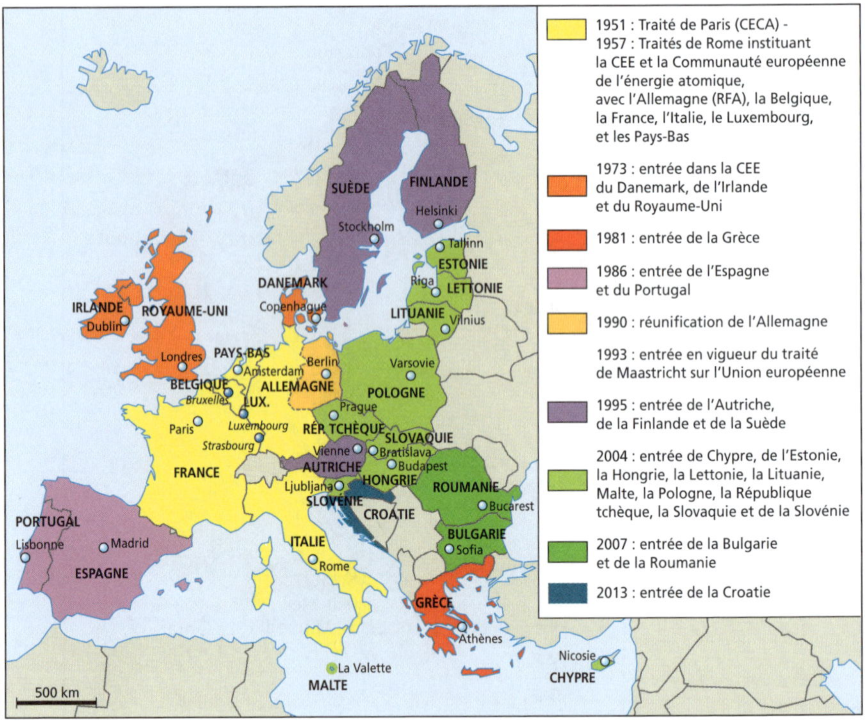

La France : une influence mondiale

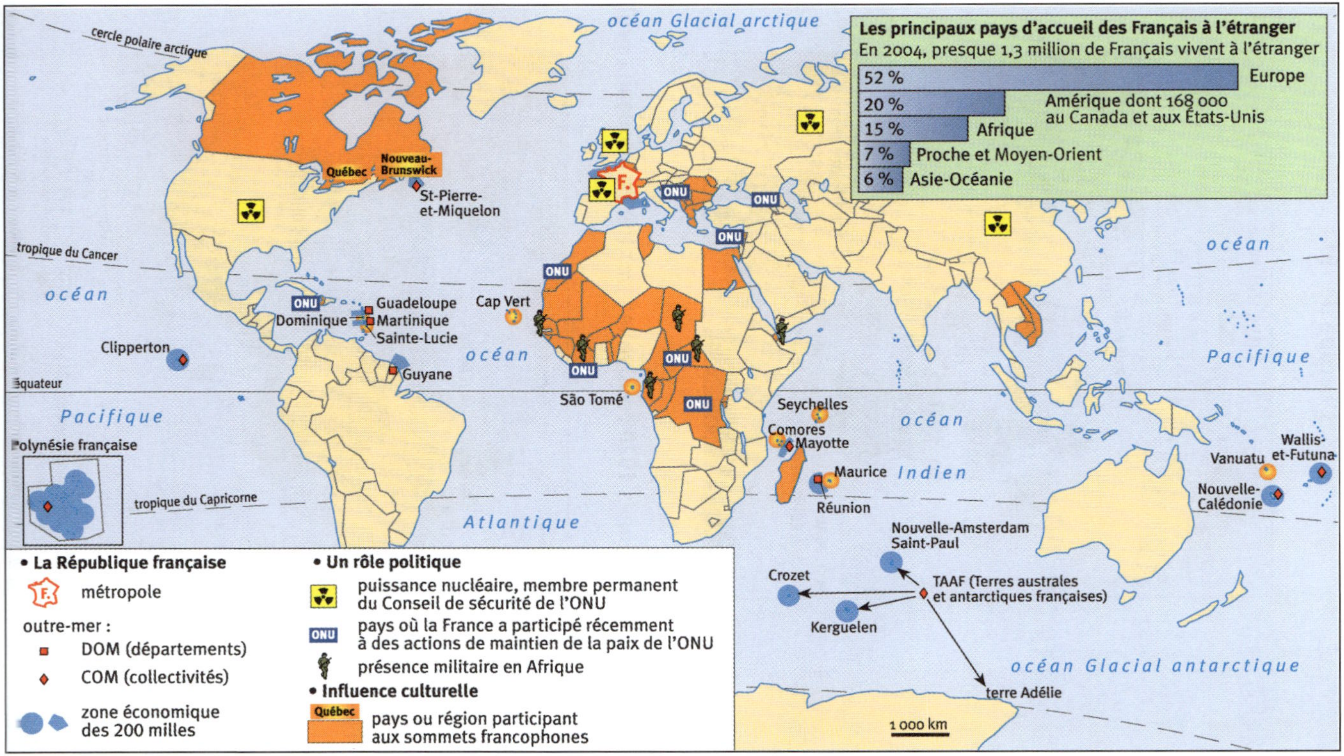

L'Europe de 1914

L'Europe des années 1920 : nouvelles frontières, nouveaux problèmes

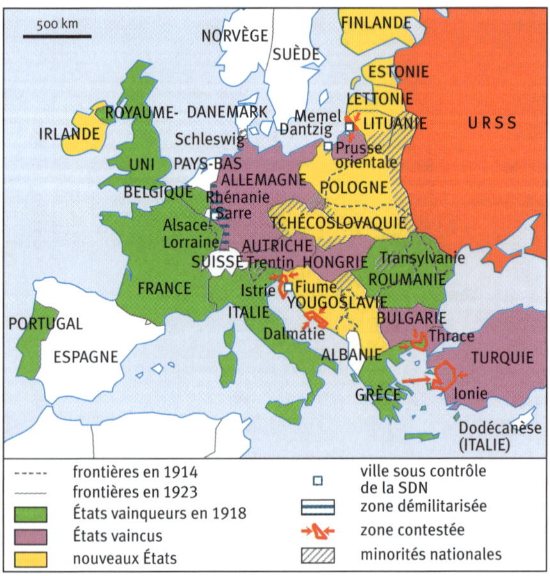

L'Europe à la veille de la guerre, en 1939

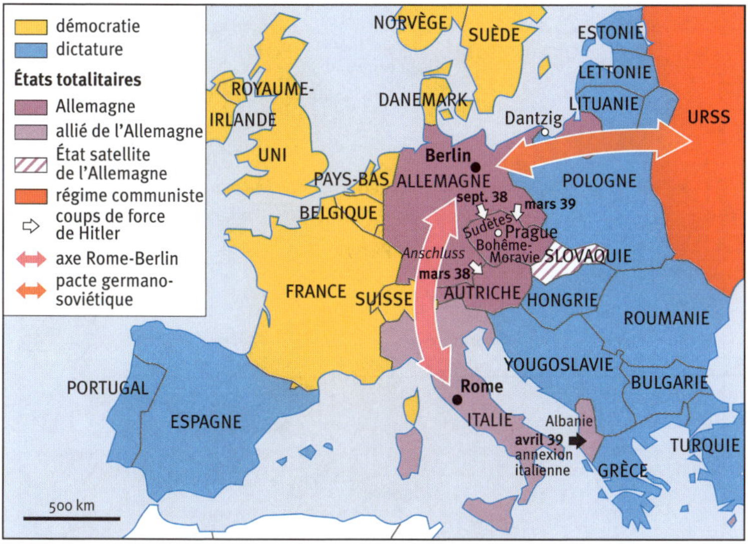

L'Europe en octobre 1942

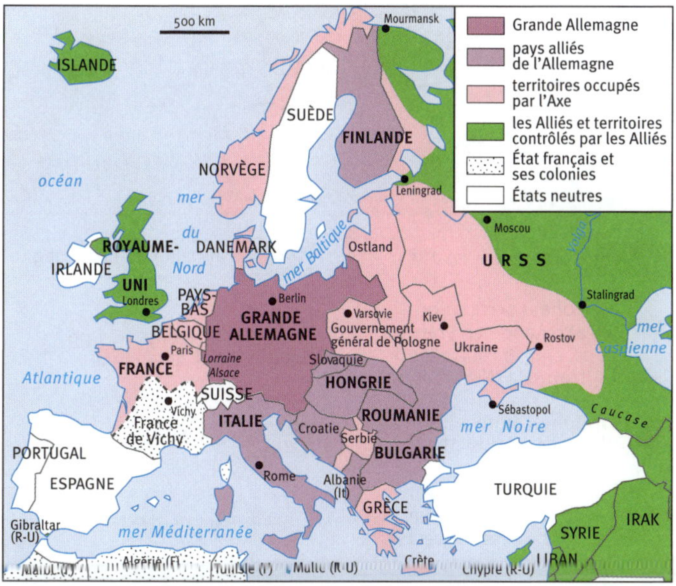

La France occupée

Le monde en 1942

- les Alliés fin 1942
- routes de ravitaillement alliés
- l'Axe et ses alliés fin 1942
- extension maximale des conquêtes de l'Axe
- expansion japonaise
- guerre de l'Atlantique, attaques de sous-marins allemands

L'Europe à la fin de 1945

La décolonisation depuis 1945

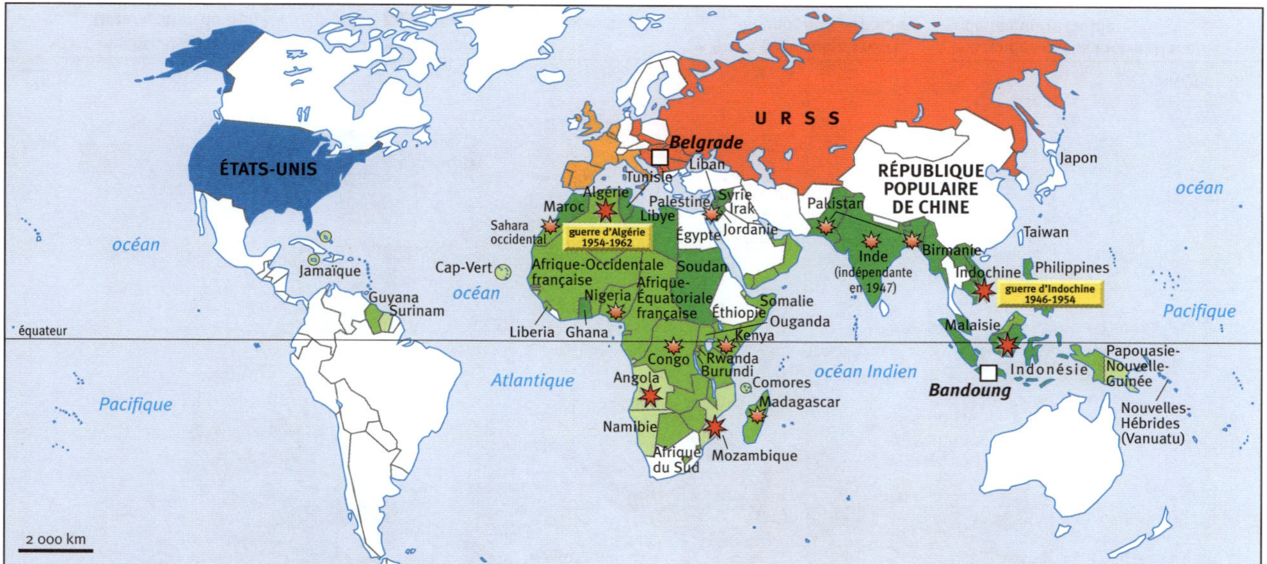

• Les métropoles

- puissances coloniales européennes en 1945

• La décolonisation

- États indépendants entre 1944 et 1957
- États indépendants entre 1958 et 1969
- États indépendants depuis 1970
- guerre d'indépendance
- troubles graves

• L'émergence du tiers-monde

- conférence de Bandoung 1955
- conférence de Belgrade 1961

Un monde bipolaire, 1947-1991

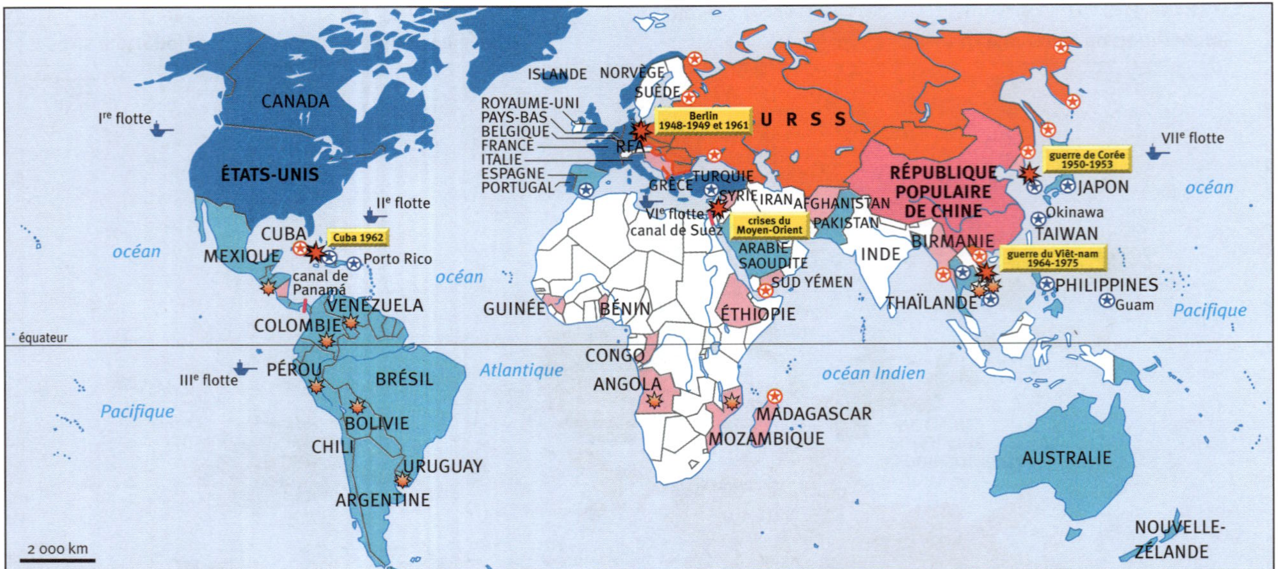

• Le camp occidental
- Organisation du traité de l'Atlantique Nord (OTAN)
- autres traités signés avec les États-Unis
- principales bases américaines
- principales flottes américaines

• Le camp soviétique
- pays communistes en 1960
- guérillas pro-communistes des années 1960 et 1970
- pays pro-communiste à la fin des années 1970
- principales bases soviétiques

• Autre pays communiste
- République populaire de Chine

• Grandes crises internationales de la guerre froide
- Berlin : **1948-1949**
- guerre de Corée : **1950-1953**
- Berlin : **1961**
- Cuba : **1962**
- guerre du Viêt-nam : **1964-1975**
- principales crises au Moyen-Orient : **1956, 1967, 1973, 1991**

Achevé d'imprimer en Juillet 2021 en République tchèque par Finidr
Dépôt légal : Août 2021 - Édition 01
21/2772/3

PAPIER À BASE DE FIBRES CERTIFIÉES

hachette s'engage pour l'environnement en réduisant l'empreinte carbone de ses livres. Celle de cet exemplaire est de :
800 g éq. CO_2
Rendez-vous sur www.hachette-durable.fr